# SUR LE SEUIL

# CALMANN LÉVY, ÉDITEUR

## DU MÊME AUTEUR

### Format grand in-18

PARIS. — IMPRIMERIE CHAIX, 20, RUE BERGÈRE. — 2554-1-90.

# SUR LE SEUIL

PAR

## LÉON DE TINSEAU

ONZIÈME ÉDITION

PARIS
CALMANN LÉVY, ÉDITEUR
ANCIENNE MAISON MICHEL LÉVY FRÈRES
3, RUE AUBER, 3

—

1890

# SUR LE SEUIL.

1

Entre les grands lions d'airain qui semblent garder le pont du Nil, au Caire, la foule la plus disparate que l'œil humain puisse contempler sur aucun point du monde se presse dans les deux sens.

Dans cet étroit couloir formé par le double lacis des tôles croisées, les deux antipodes de la civilisation, les deux pôles du globe se heurtent, se pénètrent et se confondent. En choisissant l'heure et la saison, vous aurez le plaisir de voir les dromadaires de la caravane qui arrive du Soudan, après des mois de

marche dans le désert, frôler de leur menton
glabre le parasol d'une princesse russe poitrinaire, allongée sous la fourrure légère de sa
victoria somptueuse, et gagnant, pour y montrer sa toilette, la promenade à la mode de
l'île Gézireh. Pendant les cinq minutes nécessaires pour traverser le fleuve aux eaux bleues,
vous aurez coudoyé des échantillons de toute
race humaine : des esclaves noirs, presque
nus, des juifs de Salonique engoncés dans
leurs cafetans, des Syriens serrés dans leur sou-
tanelle rayée, des derviches coiffés de leur
pain de sucre en feutre, des capucins français,
des éclaireurs égyptiens juchés sur la selle
rouge de leurs chameaux, des officiers anglais
tirés à quatre épingles dans leur tunique
rouge, des Arabes de race pure, superbes sous
leurs draperies blanches et noires. Peut-être
même vous aurez découvert l'Extrême-Orient
sous les espèces d'un Chinois se déraidissant
les jambes sur la terre ferme, tandis que,
dans l'étroit canal, passe lentement le paquebot qu'il ira rejoindre à Port-Saïd ou à Suez.

Au milieu de cette cohue aveuglante, sous
ce soleil toujours en feu, dans cette orgie de

bruits inintelligibles et nouveaux, le Parisien
le plus habitué à braver la mort au coin de
nos carrefours homicides perd la tête, comme
un provincial débarqué du matin. Et pourtant, le premier vendredi du mois de janvier
188.., un flâneur de l'espèce la plus pure,
c'est-à-dire un Parisien, traversait le pont du
*Kasr-el-Nil* vers trois heures après midi, les
deux mains dans les poches de sa blouse de
*globe-trotter*, aussi tranquille que quand il
suivait, jadis, le boulevard des Capucines pour
se rendre au Jockey-Club. Il était facile de
deviner que ce grand et robuste personnage,
à l'allure très souple, ayant à peine dépassé
trente ans, n'était pas à ses débuts en matière
de lointain voyage. Aussi bien le casque de
coutil blanc qui protégeait sa tête, coiffure
insolite au Caire à cette époque de l'année,
faisait voir qu'il venait du sud de la mer
Rouge.

Cet être original qui s'avisait d'aller à pied,
par goût, dans un pays où l'obligation de se
servir de ses jambes est l'humiliant aveu d'une
misère effroyable, n'était pas, à coup sûr, un
voyageur banal. Point blasé non plus, car,

sans l'étonner, le spectacle qu'il avait sous les
yeux l'amusait évidemment. Il se laissait
aller au flot, en homme que rien ne presse,
dérangé tantôt par un porteur d'eau qui marchait plié en deux, le front pris dans le joug
de cuir où pendait l'énorme peau de bouc
hideusement gonflée, tantôt par un troupeau
de chèvres à oreilles de chien braque, à la
robe baie tachée de blanc comme celle d'un
cheval pie. Des gamins aux trois quarts nus
se faufilaient entre ses jambes ; des mendiants
aveugles le frôlaient de leur main sordide,
nasillant sans interruption leur prière monotone. Des petites filles lui offraient leur gar-
goulette en répétant le cri : *El moyah!* modulé
sur deux notes, avec la voix très douce des
Orientales.

Quant aux femmes, elles passaient inaper-
çues, malgré leur nombre. La plupart allaient
nu-pieds, drapées dans la pièce d'indienne à
carreaux bleuâtres, rayée au bord d'une large
bande sombre, qui semble être l'uniforme
des Égyptiennes de la classe pauvre. Quelques
petites bourgeoises traînaient orgueilleusement
des sandales. Les fellahines passaient, nues

dans le fourreau de toile bleue qui laissait voir
leur sein maigre, ayant à cheval sur l'épaule
un enfant tout nu, dont le ventre était gonflé
par la bouillie. Toutes, sauf quelques esclaves
noires dont le nez était traversé d'un clou d'argent, ne donnaient à voir que leurs yeux souvent rongés par l'ophtalmie, ce fléau que
Moïse a oublié derrière lui sur la terre des
Pharaons. Sans regarder, sans être regardées,
leurs vêtements à peine frôlés par tous ces
hommes qui les croisaient, elles cheminaient
librement dans la foule, protégées par ce sentiment étrange qui les entoure aux pays mu-
sulmans, et dont on ne saurait dire si le respect, le mépris ou la crainte en sont la base
et l'origine.

Mais le milieu du pont offrait un spectacle
autrement pittoresque. Là c'était un grouille-
ment d'animaux attelés, montés, bâtés, cinglés
par le fouet, aiguillonnés par l'éperon, tirés
par le licou, poussés par la trique. Les essieux
de bois des charrettes primitives, traînées par
les buffles gris aux cornes rejetées en arrière,
caressaient fraternellement les jantes vernies
des coupés. De jeunes élégants, disgracieux

sous la redingote officielle, chevauchaient d'admirables bêtes à la robe luisante, à la queue traînant jusqu'à terre. Sur les chameaux liés l'un à l'autre par longues files, des Arabes du désert ou des paysannes des environs passaient assis, les jambes croisées, tellement balancés par le tangage perpétuel de leur monture qu'ils semblaient se confondre perpétuellement en profonds saluts. Quelques-uns, qui voyaient pour la première fois une ville, contemplaient d'un air grave, avec une curiosité fièrement dissimulée, ces palais superbes, ces casernes aux mille fenêtres qui fermaient enfin devant eux l'horizon du désert, le seul connu par leurs yeux. Les moindres vides étaient remplis par les ânes, innombrables, trottinant au bruit de leurs colliers d'amulettes, écrasés sous des échafaudages de paniers ou sous quelque iman ventru, au turban de mousseline éblouissante. A peine, sous le fardeau, apparaissait leur croupe étroite, continuellement rouée de coups par le gamin aux jambes nues qui les conduisait avec des cris variés, selon qu'il injuriait l'animal ou faisait ranger la foule peu docile.

Au bout du pont, le flot se partageait en

deux. Les humbles, les travailleurs et les
pauvres, c'est-à-dire les buffles, les ânes et les
chameaux prenaient à gauche, pour gagner la
banlieue ou cette route des solitudes infinies
dont les Pyramides semblent les bornes mil-
liaires. A droite, les oisifs et les grands de ce
monde reformaient leurs rangs pour la promenade élégante du vendredi. Sur la route qui
longe la rive, à l'ombre des mimosas gigan-
tesques encore garnis de leur verdure, les vic-
torias des hauts fonctionnaires, les coupés de
leurs femmes prenaient le trot, précédées par
les saïs dont les jambes de bronze, infatigables,
sortaient des plis neigeux du caleçon flottant.
Avec leurs calottes dorées, leurs gilets aux
broderies éclatantes, ces coureurs penchés en
avant ressemblaient à des papillons au corselet
multicolore, soulevés par le vol de leurs ailes
blanches. Non moins nombreuses, d'autres voitures portaient la colonie européenne, diplo-
mates, banquiers, hommes d'affaires, simples
touristes. A travers quelques glaces, des visages
pâles de jeunes filles aux grands yeux pleins
de fièvre, ou d'hommes aux traits ravagés se
laissaient voir, comme pour rappeler que la

capitale de l'Égypte est l'asile des poitrinaires
pourvus de millions. Mais au milieu de cette
foule opulente, sous ce feuillage dont les inter-
stices découpaient l'azur limpide chauffé par un
soleil radieux, qui pouvait se souvenir qu'on
trouve l'hiver sous nos latitudes, et, d'un pôle
à l'autre, la mort?

Entre les deux routes, celle de gauche qui
conduisait au désert et aux Pyramides, celle de
droite qui conduisait à la pointe de l'île Gézireh,
le Longchamp égyptien, notre promeneur au
casque blanc hésita quelques secondes. Il prit
à droite sans savoir pourquoi. « Cela devait
arriver, » dirait un conteur musulman. S'il
avait continué sa promenade à gauche, la vie
entière d'Albert de Sénac était changée.

A peine avait-il fait cent pas dans la direction
du palais de Gézireh que la foule devint moins
pittoresque, mais le coup d'œil ne laissait pas
que d'être intéressant. Les stores de soie de
certains coupés mystérieux s'étaient relevés, et,
dans la pénombre harmonieuse, le jeune
homme apercevait les reines de l'élégance in-
digène, toutes en féridjé de satin noir avec le
yachmak de mousseline transparente, vraiment

belles pour la plupart, avec un air *comme il faut* de grandes dames très correctes. L'affreux *surveillant* nègre assis à côté du cocher jetait seul sur le tableau une ombre d'esclavage plus apparente que réelle, car la légende de la musulmane captive dans son harem, avide d'amour et d'aventures, pleurant de désirs et d'ennui derrière des grilles dorées, ne hante plus que les feuilletons retardataires et les murs du Salon.

Dans une victoria conduite par un cocher en tenue parisienne, un Français à la figure pâle et soucieuse, portant sur ses traits, malgré la maladie, un air de grande race, dit à la jeune femme assise à côté de lui :

— Le diable m'emporte si ce n'est pas Sénac que je viens de voir, flânant sur le trottoir !

De sa canne, il toucha le dos du valet de pied.

— Dites qu'on retourne et qu'on s'approche de ce monsieur qui marche tout seul, que nous venons de croiser à gauche.

— Bien, monsieur le marquis.

Arrivé à la hauteur du personnage qui avait attiré son attention, le propriétaire de l'équipage appela :

1.

— Sénac !

Le promeneur tressaillit, tourna les yeux vers la voiture, hésita et, sûr enfin de ne pas se tromper, répondit d'une voix très vibrante:

— Quilliane ! Est-ce possib'e ! Qu'est-ce que tu fais au Caire ?

Tout à coup, s'apercevant que son ami avait une compagne, Albert de Sénac se découvrit avec un air perplexe qui mit un peu de gaieté dans les yeux ternes du marquis.

— Allons ! allons ! fit ce dernier au bout d'un instant, n'aie pas peur; je ne me suis pas marié depuis notre dernière rencontre, c'est-à-dire depuis quelque chose comme deux ans.

Albert gardait toujours son casque à la main, sans paraître mieux renseigné, tout au contraire. Affectant une pruderie qui ne semblait pas son défaut habituel, Quilliane reprit:

— Monsieur de Sénac, je lis dans vos yeux un doute qui est un outrage pour moi. Je n'ai pas enlevé cette jeune personne à ses parents. Peut-être vous souvient-il que j'ai une sœur ?

— Mademoiselle de Quilliane me pardonnera, dit Albert en s'inclinant, mais elle porte un voile plus épais que celui des musulmanes. Et puis je croyais... je croyais...

— Tu croyais ma sœur religieuse. Eh ! bien, tu vois : elle a jeté le froc aux orties.

— Oh ! Christian ! soupira la jeune fille avec un air de mécontentement marqué.

— Semblerait-il pas que je l'accuse d'avoir forfait à l'honneur ? dit Quilliane, les sourcils froncés. Je plaisante, mon cher. Le froc n'est pas encore cousu, voilà tout.

— Et les cheveux pas encore coupés, Dieu merci ! ajouta Sénac en regardant d'admirables tresses d'or qui brillaient entre le velours de la capote et celui du manteau. Ah ! mademoiselle, je connais votre frère depuis notre enfance ; il y a deux ans que je ne l'avais vu, mais il n'a pas changé. Rarement sérieux !

— Tu trouves que je n'ai pas changé ? demanda Quilliane d'une voix très grave. Diantre ! Qu'est-ce qu'il te faut donc ? Allons ! monte là, sur le strapontin. Moi j'ai, depuis l'autre hiver, certain bobo qui m'oblige à me soigner et me donne le droit de garder les bonnes places. Maintenant, raconte-nous ton histoire et tâche de faire rire ma sœur, qui ne rit

guère, depuis que nous sommes en Égypte.
D'abord, d'où viens-tu avec cette coiffure
indienne ?

— Des Indes, justement, et autres lieux
circonvoisins. Je retourne en France.

— Pas ce soir ?

— Ma foi ! presque. Le bateau qui m'amène
a touché hier à Suez, de grand matin. Sous
prétexte d'un choléra quelconque, la Santé
nous a mis en quarantaine pour trois jours.
Avec cela deux jours de canal, un autre pour
gagner Alexandrie... mon bateau n'a donc
pas besoin de moi avant mercredi. Je suis
arrivé ici par le chemin de fer, tout à l'heure,
pour déjeuner.

— Et la quarantaine ?

— Simple question d'argent, mon ami,
comme tout, du reste, en Orient. Je me suis
évadé cette nuit... dans le canot du fonction-
naire préposé à notre garde. Ne le dénonce
pas, ni moi non plus. Il me faudrait payer
d'autres bakchiches pour ne pas aller en prison.

— Tu ne t'attendais pas à nous trouver ici ?

— Tu l'as vu par toi-même. Après avoir
déjeuné à Shepheard je suis sorti de l'hôtel,

les deux mains dans mes poches, marchant au hasard devant moi. J'ai suivi la foule et, d'après l'événement, j'ai bien fait. Maintenant, à ton tour, j'écoute.

— Ah! moi, dit Quilliane, j'ai suivi... l'ordonnance de mon médecin.

A ces mots, la jeune fille détourna la tête. Christian, la désignant à son ami d'un clignement d'yeux, reprit d'un ton moins sombre :

— D'ailleurs j'avais toujours désiré de passer un hiver en Égypte.

— Est-ce que, par hasard, tes hivers à Paris ne trouveraient plus l'emploi remarquable que tu leur donnais jadis ?

— Depuis que je ne t'ai vu, continua Christian sans répondre, j'ai eu le malheur de perdre ma mère.

— Au moment de ton deuil, j'étais encore en France, mais... mais loin de Paris.

— Oui, je sais. Ta lettre de condoléance venait... des montagnes de l'Ardèche, dit Quilliane avec un sourire mystérieux.

Albert n'avait nullement envie de sourire. Christian continua, devenant lui-même sérieux jusqu'à la dureté :

— Ta lettre me disait, je m'en souviens :
« Il te reste pour consolation la tendresse fra-
ternelle. » Eh bien, non, mon cher, il ne
me reste rien. Tu ignores probablement l'existence de la sainte et respectable madame de
Chavornay, assistante générale de la congrégation des bernardines. Elle a jugé, dans sa
sagesse, que ma sœur était faite pour son
couvent. Et comme, en sa qualité de tante,
elle avait voix prépondérante au chapitre, elle
a tourné la tète à cette enfant qui ne rève
plus que rosaire et cilice. Je te le disais tout
à l'heure : c'est une affaire de temps.

D'une voix très douce, où l'on sentait une
remarquable fermeté, la jeune fille répondit :

— Christian ! comme tu es injuste ! Ne
suis-je pas là ? Je t'ai suivi en Égypte quand
tu avais besoin de moi ; je t'aurais suivi au
bout du monde. Pourquoi dire cette parole
cruelle et fausse : qu'il ne te reste rien ?

Mademoiselle de Quilliane et le jeune
homme assis en face d'elle échangèrent un
regard dans lequel un courant de sympathie
vibrait ; tout d'abord elle se sentit surprise et
reconnaissante. Quoi ! cet ami de son frère,

homme du monde comme lui, ne se déclarait pas, au premier mot, contre elle !

— Bien m'en a pris d'avoir besoin de toi
cette année, et non pas l'année prochaine,
grommela Christian. Il m'aurait fallu me
contenter, pour tout service, de quelques
bonnes neuvaines derrière tes grilles. Mais,
pardon, mon ami, de t'ennuyer de ces plaintes
de malade. Voilà ce qu'on devient !

— Te trouves-tu mieux depuis ton arrivée
au Caire ? demanda Sénac.

— Pas assez *mieux*, dans tous les cas, pour
justifier le trouble apporté, grâce à moi, dans
l'existence de plusieurs êtres humains, domestiques, dame de compagnie, sans compter
la malheureuse créature que tu vois, qui s'ennuie à périr. Allons ! sois franche, Thérèse !

— Monsieur, répondit la jeune fille avec
une gaieté sans doute un peu forcée, je vous
prie de fermer l'oreille aux calomnies de mon
frère. Depuis que je suis au monde, je ne me
souviens pas de m'être ennuyée une minute.
Mais s'ennuyer en Égypte, parmi cet entasse-
ment de choses pittoresques, écrasantes de
grandeur ou simplement curieuses !... Mon

Dieu ! comme je vous plains de ne faire que passer ici ! Ne pouviez-vous combiner votre voyage pour une station plus longue ?

— Je n'ai rien combiné, mademoiselle, car je comptais rester tout l'hiver aux Indes. Quelques braves gens, actionnaires d'une compagnie dont je suis, paraît-il, administrateur, en ont décidé autrement. La compagnie est à vau-l'eau. On assure que, moi présent, la catastrophe n'aurait pas eu lieu, ce qui est une illusion flatteuse...

— Et l'on te demande de l'argent, acheva Quilliane dont le visage s'était déridé. *Tu quoque !*

— Oui, on évalue à cent mille francs ma part de responsabilité.

— Oh ! oh ! voilà un chiffre d'une modicité menaçante. J'aimerais mieux pour ton intérêt qu'on te demandât cent fois plus. J'ai de bons camarades qui ont été condamnés, dans le même cas que toi, à payer je ne sais combien de millions. Ils n'ont jamais versé un centime et sont tranquilles comme Baptiste. La plus belle fille du monde ne peut donner que ce qu'elle a.

— J'espère bien m'en tirer d'aussi bon compte que les compagnons d'infortune dont tu parles, mais en gagnant mon procès. On le plaide la semaine prochaine et-j'ai tout juste le temps d'arriver, à condition de ne point flâner en route.

Le soleil avait disparu derrière la muraille des mimosas plantés sur l'autre bord de l'île.

— Rentrez à la maison, commanda Quilliane à son cocher.

Cinq minutes après, l'équipage traversait le Nil et s'engageait au grand trot dans les superbes avenues du quartier d'Ismaïl, bordées de palais italiens et de jardins, dont les hautes murailles jalouses ne laissaient voir que les panaches des palmiers à la verdure éteinte.

Chemin faisant, Albert se fit reconnaître de mademoiselle de Quilliane, lui rappelant qu'il l'avait vue plusieurs fois chez la marquise, à l'âge des dernières robes courtes.

— Je m'en souviens, dit la jeune fille. Mon frère vous aimait beaucoup.

— Et je l'aime, pardieu! bien encore, fit Christian dont la main, par un élan brusque, chercha celle d'Albert. Voilà ce que c'est que

de ne pas se voir souvent. Rien ne conserve
autant l'amitié. Dis donc, Thérèse, si nous invitons à dîner ce cholérique en rupture de
lazaret ?

— Nous vous invitons, monsieur, c'est indi-
qué. J'espère que vous n'avez pas d'engagements antérieurs ?

— Non, mademoiselle, dit Albert en souriant, je n'ai pas d'engagements. Mais je n'ai
pas d'habit non plus, et je sais qu'ici l'étiquette règne en maîtresse pendant l'hiver.

— Pas d'habit ! répéta le marquis en levant
les yeux au ciel. Tu vas nous couvrir de
honte aux yeux de mistress Crowe.

— Qu'est-ce que c'est que mistress Crowe ?

— L'ange gardien de cette jeune personne
ici présente, ou, pour parler le langage d'ici-
bas, sa dame de compagnie. Ma tante de
Chavornay l'a choisie de sa main, catholique
irlandaise, cela dans l'intérêt du salut de ma
sœur, mûre et peu séduisante, ceci dans l'intérêt du mien. Elle quittait, en entrant chez
nous, la maison d'un pair d'Angleterre possé-
dant trois filles, mariées aujourd'hui, qui
avaient chacune leur attelage de poneys et

leurs chevaux de selle. Aussi, elle nous con-
sidère comme des mendiants, honorables d'ailleurs. Mais c'est la correction en personne.
Un jour, par suite d'un accident de voyage,
n'ayant pas de seconde robe pour changer
de toilette à l'heure du dîner, elle a retourné
celle qu'elle avait sur le dos. Je me hâte d'a-
jouter que l'effet n'était pas beaucoup moins
harmonieux.

— Je ne connais pas d'homme plus injuste
que mon frère, dit mademoiselle de Quilliane,
lorsqu'il est lancé sur le compte de la pauvre
mistress Crowe.

— Si ma sœur exprimait toute sa pensée,
elle m'accuserait d'ingratitude. Veuve à dix-
neuf ans d'un officier qu'elle avait suivi aux
Indes, et qui est mort en y débarquant, il y
a quelque chose comme une trentaine d'années...

— Elle le pleure toujours, interrompit
Thérèse.

— Parbleu ! en cas de perte ou d'accident,
il en est des époux comme des parapluies.
Les regrets sont d'autant plus vifs que l'objet avait moins servi. Mais, sans vouloir trou-

bler le défunt dans sa tombe, j'ose dire que
sa veuve a un petit sentiment pour moi.
Douce Kathleen ! (c'est son prénom harmonieux) elle sera ma dernière conquête, la
dernière fleur qui aura réjoui mon crépuscule de la discrète caresse de son parfum !
Nous lui ferons chanter ce soir, au piano, la
romance irlandaise de *la Rose*. Tu verras
quel regard elle me jette. Mais tu sais, pas
de concurrence déloyale !

— Sois tranquille. Je ne m'embrase pas si
vite.

— Ah ! oui, j'oubliais... D'ailleurs elle te
trouvera mal élevé. D'après elle, aucun Français ne sait se comporter correctement à table.
Il y a quinze jours, Villemoison, la fleur des
pois du club, est venu dîner chez nous, de
passage ici. Après son départ, mistress Crowe
a compté avec nous les fautes qu'il avait faites
à table, en mangeant son potage, en coupant
sa viande, en replaçant son verre, en accom-
plissant les dernières ablutions. Dix-sept ! pas
une de moins. S'il avait entendu la critique, il
en serait mort de dépit.

Mademoiselle de Quilliane, tout heureuse de

voir son frère si gai, ne le quittait pas de ses
grands yeux bleus où brillait une flamme
tendre. Quand la voiture s'arrêta, elle dit en
s'appuyant légèrement sur la main qu'Albert
lui tendait :

— Vous avez donné plus de gaieté à mon
frère, en une demi-heure, que je ne lui en
donne pendant un mois. Mon pauvre Christian !...

Le marquis expliquait des ordres à son
cocher ; il n'entendit pas la réflexion.

— Tu entres avec nous ? dit-il en rejoignant
son ami.

— Non. Puisque mistress Crowe est si difficile, je rentre à l'hôtel m'habiller autant que
le comportent mes moyens actuels. En même
temps, j'achèterai une coiffure plus civilisée.
A tout à l'heure, mademoiselle.

Un âne passait à vide, sur la chaussée. Albert
l'arrêta d'une main et l'enjamba d'un mouvement facile.

— Toi connaître l'hôtel Shepheard ? demanda-t-il à l'ânier.

— Hôtel Chébah ! Moi connaître, tchélébi.

Et le trio partit au galop.

— Voilà un homme heureux ! soupira

Quilliane en le regardant s'éloigner. Vigoureux, dispos et de longues années devant lui.

— A-t-il encore ses parents ? questionna Thérèse.

— Non. Il est tout seul au monde. Mais quand on possède la santé...

Avec un mouvement d'épaules il rentra dans la maison, sans voir le regard attristé de sa sœur.

A la mort du marquis, père de Christian,
l'inventaire avait constaté deux cent mille
livres de rente, bien que le défunt eût mené
grand train. Il eût bien été incapable, quant à
lui, de dire s'il laissait un actif ou des dettes,
n'ayant jamais compté durant toute sa vie.

— Ce n'est pas l'habitude de la maison,
disait-il fièrement.

Le fils n'avait eu garde de changer les habitudes paternelles. Qu'il s'agît d'un cigare pour
lui, d'un attelage pour sa mère ou d'un
bouquet pour son amie, une seule chose l'in-
quiétait : avoir ce qui se fait de mieux. Entre

Albert de Sénac, son camarade d'enfance,
et lui, dès leur entrée dans le monde, un
contraste se dessina qui mit toujours certains
sous-entendus à leur intimité.

Sénac, taillé en force, d'une stature élevée,
d'une énergie physique et morale exceptionnelle,
se piquait de traiter la mode et les conventions
qui régissent la société élégante sinon avec
mépris, du moins avec une désinvolture quelque
peu dédaigneuse, parfois même avec un esprit
de contradiction marqué. Dans sa façon d'atteler et de monter à cheval, dans la coupe de
ses habits et la forme de ses chaussures, il
affectait volontiers une indépendance austère,
souvent railleuse, qui se retrouvait, d'ailleurs,
dans la liberté de ses appréciations sur les
choses et sur les hommes. Quand on lui repro-
chait de haïr le monde, il répondait :

— Je ne me donne pas tant de peine. Je
vis dans le monde comme dans une auberge
d'où l'on a une vue pittoresque, mais qui est
mal tenue. J'y apporte mon lit, mon verre et
ma fourchette, me défiant de la propreté du
logis.

Quilliane, au contraire, acceptait le monde

avec ses vices, ses ridicules et sa tyrannie pour
rire. Le rôle de courtisan ne froissait pas son
amour-propre, à condition qu'il occupât le rang
de favori.

— Tu me fais toujours songer à Marcel dans
les *Huguenots*, disait-il à Sénac. Tu finiras d'un
coup d'arquebuse dans les fossés du Louvre.

— Et toi, répondait Albert, tu es un Cinq-
Mars. On te verra quelque jour faire une
vilaine promenade en place de Grève.

Avec ces dispositions, le jeune marquis, on
peut le croire, voyageait en grand seigneur.
Aussi Albert fut-il peu étonné de trouver
Christian et sa sœur installés dans une charmante maison de l'avenue de Boulaq, avec
le même luxe confortable qu'il se souvenait
d'avoir vu dans l'hôtel Quilliane, au quai
d'Orsay, « à l'époque où il allait dans le
monde ». Même raffinement dans le menu,
même étiquette paisible et majestueuse dans le
service, même argenterie éblouissante sur la
table. A peine changé sous ses cheveux grisonnants, le maître d'hôtel, vieilli au service de
la noble famille, se tenait debout derrière sa
jeune maîtresse, aussi respectueusement grave

que quand il obéissait à la défunte marquise,
dont le beau visage austère ne souriait jamais.

Nul n'aurait pu croire que le Nil et non pas
la Seine coulait à quelques pas, sans la présence du serviteur égyptien, engagé à titre
auxiliaire. Dans l'éclatante blancheur de sa
tunique tombant jusqu'aux chevilles, recueilli
comme un prêtre d'Apis, l'Oriental frôlait silencieusement de ses mules rouges les dalles polies,
apportant les plats, mais sans approcher de la
table. On aurait dit qu'il se sentait indigne,
par son rang inférieur dans le sacerdoce, de
prendre part aux cérémonies redoutables d'un
rite sacré.

Mademoiselle de Quilliane portait la toilette
qu'elle mettait chaque soir, même quand un
hôte étranger s'asseyait à sa table, ce qui était
un événement rare. Sa robe était d'un satin
noir léger, tissé lâchement, de façon à éteindre
les reflets et à mouiller, pour ainsi dire, les
plis de la soie. Depuis que, dans sa pensée,
elle appartenait à Dieu, elle avait enfermé jusqu'au plus modeste de ses bijoux de jeune
fille, malgré les instances de son frère.

— Quand je te vois ainsi sans une broche,

sans un bracelet, disait-il, tu me fais penser à
ces appartements qu'on déménagera la semaine suivante, et dont les objets précieux
sont déjà serrés.

Thérèse avait ce type de beauté qui, à
l'exemple de certaines œuvres d'art, exige,
pour être pleinement compris, une éducation
spéciale et préliminaire. Elle était grande et
fort mince, mais la souplesse incomparable de
sa taille faisait assez voir qu'elle ignorait,
autant qu'une nymphe de Diane, les artifices
et les rigueurs des couturières. Le buste plutôt court qu'allongé, les épaules plutôt étroites
que larges, les lignes de la poitrine sobres
dans leur exquise perfection, donnaient à sa
personne un caractère d'idéal rectifié, non pas
démenti, par l'expression de son visage où
l'énergie de la volonté se lisait, plus que la
sérénité rêveuse de la contemplation.

Tout d'abord sa chevelure étonnait tellement par son abondance, sa légèreté de nuage
et la note presque introuvable de sa couleur
blonde, qu'on oubliait de se demander si la
femme était belle. Aucune femme n'eût été
laide avec cette écume d'or mat autour du

front, prolongée en vagues ondoyantes le long
des tempes développées, et terminée par le
nœud charmant que les sculpteurs anciens
relèvent à la nuque des baigneuses surprises.

Cependant, même avec une chevelure ordinaire, mademoiselle de Quilliane eût été belle
entre toutes. Mais, comme pour corriger ce que
ce diadème royal avait d'orgueilleux et de
voyant, le teint mat, presque un teint de
brune, les yeux calmes, variant selon les
heures, comme la mer, du gris pâle au bleu
d'azur ou quelquefois au vert de jade, la
bouche fine, sur laquelle une lèvre supérieure
légèrement saillante semblait mettre un sceau,
tout, jusqu'aux ondulations du cou flexible,
noblement allongé, donnait habituellement à
cette physionomie un effacement discret de
porte close. Mais, devant certains seuils fermés, l'être qui pense, malgré lui, ralentit
le pas.

A la droite du marquis était assise une petite
femme chargée d'embonpoint, rouge comme
une tomate, quand elle n'était pas violette
comme une aubergine, avec de beaux yeux
de couleur noisette, d'une tendresse toujours

jeune en dépit des cheveux grisonnants. Elle
était sanglée dans une robe de faille qui gé-
missait au moindre mouvement, à la manière
des cloisons d'un paquebot mouillé sur son
ancre, quand la houle vient du large.

Cette excellente personne, digne à tous égards
de la confiance dont on l'avait investie, tenait
de sa nature une flamme romanesque et en-
thousiaste qui, n'ayant pas eu le temps de se
dépenser durant une courte vie de fiancée et
d'épouse, brûlait encore doucement, comme
fait, au crépuscule du matin, la mèche d'une
lampe qu'on a baissée en l'allumant. Très
convaincue en toutes choses, profondément
loyale, honnête jusqu'au scrupule, mistress
Crowe passait son existence à se débattre au
milieu de dilemmes douloureux. Comme Irlandaise renforcée, elle détestait les Anglais, et
cependant elle bouillait d'indignation si quelque étranger critiquait l'Angleterre en sa présence. Elle avait pour Christian un mélange
indéfini d'admiration émue et de tendre pitié,
ce qui ne l'empêchait pas, en mainte occasion,
d'être obligée de blâmer tout bas son héros,
qui n'était pas toujours un héros de vertu et

2.

de justice. Enfin, tantôt, dans la ferveur de sa
foi, elle se réjouissait de voir Thérèse appelée
à la perfection de la vie chrétienne, tantôt, dans
son affection passionnée pour la jeune fille,
elle frissonnait à l'idée du sacrifice prochain
qui la rejetterait elle-même dans la solitude.

Ces combats continuels entre deux sentiments opposés la rendaient timide et silencieuse, mais, sous cette apparente hésitation,
elle cachait une rare perspicacité sur les
hommes, un jugement éprouvé sur les choses.
De son pays d'origine elle avait conservé d'é-
tranges superstitions et une crédulité d'enfant
dont Quilliane abusait, parfois, pour s'en amuser sans scrupule. Son courage pouvait aller
jusqu'à la vaillance, et pourtant elle pâlissait
au moindre cahot d'une voiture. Chaque mouvement du roulis d'un navire la faisait mourir de frayeur, et, lorsqu'il s'était agi d'affron-
ter cinq jours de mer pour suivre Thérèse en
Égypte, elle n'avait pas montré par un seul
mot ce qu'il lui en coûtait d'accomplir son
devoir.

Il y avait des mois que Christian n'avait
causé, ri, mangé et bu comme ce soir-là. Tan-

dis que son ami lui tenait tête, avec la verve
et l'appétit d'un voyageur satisfait de trouver
bonne figure d'hôte et bon gîte, les deux
femmes comptaient d'un œil ravi chaque bouchée de nourriture, chaque gorgée de vin qu'il
portait à sa bouche. Sénac, s'il eût été médecin, aurait pu demander de beaux honoraires ;
mademoiselle de Quilliane aurait vidé sa
bourse avec joie dans les mains de ce faiseur
de miracles.

— Écoute, mon brave, dit Christian les
coudes sur la nappe, comme un bon compagnon qui ne peut se décider à quitter la table.
Sais-tu ce qu'il faut faire ? Laisse filer ton
bateau et reste avec nous. Tu vas trouver le
froid à Messine, le brouillard à Marseille, la
neige à Paris. A quoi bon grelotter quand on
peut faire autrement ? Ici, ce soir, nous
aurions presque dîné la fenêtre ouverte. On
te fera les honneurs du Caire et des environs.
Mistress Crowe déchiffre les hiéroglyphes comme
feu Mariette et la jeune personne que voici
appelle toutes les momies de Boulaq par leur
nom de baptême. Voyons, madame, n'ai-je pas
raison ?

Des craquements de soie préludèrent à la réponse. Une toute petite voix, pareille à un récit de hautbois sortant des grandes orgues d'une cathédrale, soupira :

— Oh ! monsieur le marquis ! le baptème d'une momie ! La plaisanterie n'est pas... elle est un peu... risquée.

— Incontestablement, dit Sénac quand les dernières notes du hautbois s'éteignirent. Mais tu as oublié, mon ami, quelle raison me rappelle en France. Mon procès sera perdu, si on le plaide sans moi.

— Tu iras en appel.

— J'y suis déjà, condamné sur toute la ligne en première instance. Principal, intérêts, frais de droit, frais accessoires, j'en ai déjà, je te l'ai dit, pour plus de cent mille francs.

— Une misère, pour un richard de ton espèce qui n'a jamais pu venir à bout de dépenser son argent ! Dois-tu faire des économies !

— Pourquoi ne pas dire tout de suite que je fais de l'usure ? Quoi qu'il en soit, je veux bien donner mon argent, mais je ne veux pas qu'on me le prenne, quand je ne le dois pas.

— Allons ! pars, tu n'es bon à rien, dit

Christian avec la mauvaise humeur d'un enfant gâté à qui l'on refuse un caprice. Au moins as-tu le temps de venir fumer un cigare avec moi?

Quand ils furent mollement installés sur les coussins du fumoir, le marquis, dont toute la gaieté semblait subitement partie, prit la parole le premier:

— Je voudrais savoir les réflexions inspirées à un philosophe de ton mérite par le spectacle que tu as sous les yeux.

— Quel spectacle? dit Albert feignant de ne pas comprendre.

— Celui de Christian de Quilliane, du beau, du riche, de l'élégant, de l'irrésistible Christian, de l'homme aimé des femmes, venant mourir de la poitrine au Caire, à trente ans, sans un amour, sans une amitié et — que le diable m'emporte si je ne suis pas sincère! — à peu près sans un regret.

Sénac se garda bien d'avoir l'air de consoler son ami. Avec une grande froideur, il répliqua:

— Pardon! en ce moment tu déclames; je rectifie. Tu n'as plus trente ans, car moi j'en ai trente-deux et tu es mon aîné. Tu ne meurs pas de la poitrine, car tu viens de manger autant

que moi, c'est-à-dire comme un ogre. Tu as,
dans la personne de ta sœur, l'idéal de l'affection dévouée. Tu m'accorderas bien que je vaux
quelque chose comme ami. Enfin, tu m'as
déclaré toi-même que mistress Crowe...

— Ah! ne plaisantons plus, maintenant que
nous sommes seuls! Dans trois jours, tu seras
parti. Dans quelques mois, Thérèse aura repris
le chemin de sa cellule, pour n'en plus sortir,
cette fois.

— Elle n'y rentrera pas si tu as besoin d'elle.
Sa présence auprès de toi en ce moment te
garantit son dévouement.

— Tu ne connais pas les horribles femmes
qui me l'ont prise. Elles ont pu, un instant,
relâcher l'étreinte de leurs griffes. On a dit
à cette enfant: « Vous êtes libre le temps
voulu pour fermer les yeux à votre frère.
Tâchez qu'il se confesse et ne perdez pas de
vue le testament. Il s'agit des intérêts de la
sainte cause. Allez; mais, cependant, si l'affaire
traîne en longueur plus qu'il ne faut... »

Albert interrompit son ami en haussant les
épaules.

— Ma parole d'honneur, fit-il, c'est à croire

que tu lis le *Rappel !* Et c'est dans la bouche
de ta tante que tu mets ce langage plein d'élé-
vation ?

— Madame de Chavornay m'exècre et, certes,
je le lui rends bien. Thérèse n'avait pas dix
ans que cette femme froide, sans une vibration
humaine, toute remplie de calcul, élevait à la
brochette, pour la cage dont elle a la clef, cet
oiseau précieux qui apporte son grain avec lui.
Soixante mille livres de rente ! De quoi se payer
une chapelle comme il n'y en a pas à Paris, ou
un parc auprès duquel ceux des maisons rivales
ne seront que des parterres !

— Mon cher ami, répondit Sénac, je te
connais. Quand tu as pris les gens en grippe,
tu les fais plus noirs que le diable. Mais, quoi
qu'il en soit, à quelque chose malheur est bon.
Si ta sœur était mariée et mère de famille,
tu ne l'aurais pas auprès de toi, en ce moment, pour chasser tes sombres humeurs, ce
qui, par parenthèse, ne doit pas toujours être
un métier commode.

— Je voudrais bien te voir à ma place, con-
templant ton propre naufrage ! Quand nous
sommes venus ici, on nous a montré un

bateau superbe échoué sur une roche. Déjà la
proue a disparu, mais l'arrière est là, verni,
doré, magnifique; avec ses cabines luxueuses.
Pauvre bateau! Comme on était bien là-dessus,
quand l'hélice tournait, quand l'étrave dédaigneuse fendait les vagues aujourd'hui vengées,
quand il y avait sur ce pont des fleurs, de la
musique, de belles jeunes femmes, de l'amour!
Oh! comme on s'est aimé sur ces pauvres
planches, par les nuits scintillantes d'étoiles,
parfumées des odeurs tentatrices que la brise
apporte de l'Orient! Où sont-elles aujourd'hui,
les charmantes amoureuses? Vers quelle rive
ont-elle fui dans le canot sauveur? Pensent-elles
encore à la triste épave naufragée? Moi, je
pleurais presque en la regardant. Je me disais:
Voilà ma vie!

Albert eut besoin d'un effort pour cacher
ce qu'il éprouvait en entendant ces paroles
trop vraies. Il répondit avec une gravité
affectueuse :

— Ainsi donc, si tu mourais maintenant,
voilà quel serait ton regret suprême : les
femmes! l'amour! Et cependant, comme on
s'en passe !

— Pourrais-tu me dire, grand philosophe, si c'est dans ta vie ou dans la mienne que les femmes et l'amour ont occupé la plus grande place, lequel de nous deux s'en passe le plus facilement? Moi, je songe à elles pour les adorer toujours, pour en remercier quelques-unes, pour en maudire davantage, pour les regretter toutes, même les maudites. Tu y penses, toi, pour en charger une seule d'ana-thèmes. Tu as couru l'univers pour l'oublier. Mais, à propos, cette grosse rancune dure-t-elle toujours ?

Sénac ne répondit que par un mouvement de tête significatif, par une bouffée de tabac dans laquelle son visage disparut.

— Eh bien ! mon cher, nous n'avons rien à nous envier. Les Quilliane vont finir, pro-bablement, un peu malgré moi, je l'avoue. Les Sénac s'éteindront, si tu persistes dans ton aversion du mariage. Et sur la tombe où dormiront ces deux noms qui, ma foi ! en valent bien d'autres, nos héritiers pourront écrire : Cherchez la femme !

— Ils feront bien, pour ce qui te regarde, d'employer le pluriel.

— J'aime encore mieux cela. Sacrifier sa
vie pour un seul échantillon — fâcheux, je
l'admets — de l'espèce féminine ! C'est
prendre les choses trop à cœur.

— Où vois-tu que j'ai sacrifié ma vie ?
Depuis deux ans, je mène l'existence la plus
intéressante. Et je compte bien continuer,
quand j'aurai gagné mon procès.

— Moi, si j'avais été à ta place, j'aurais
crié sur les toits le nom abhorré. Toi tu n'as
rien voulu dire. Il a fallu t'arracher l'histoire
morceau par morceau. Quant au nom, mystère impénétrable. C'est pousser la délicatesse
un peu loin, mais cela montre une profonde
blessure. Voyons : qui est-ce ?

— Allons donc ! Pour qu'on dise éternellement, en la voyant passer : « Regardez bien
cette femme-là ! C'est elle qui a roulé si pro-
prement cet imbécile de Sénac. » Tiens, n'en
parlons plus, et allons rejoindre ta sœur, cela
vaudra mieux.

Il se leva et lança son cigare dans la cheminée d'un geste si nerveux que les étincelles
jaillirent. Le marquis, sans abandonner son
fauteuil, lui demanda :

— Plus qu'un mot : est-il vrai que tu as pensé à te faire moine ?

— Parfaitement. Je suis même allé à la Chartreuse, et j'ai exposé mon cas au portier, qui m'a écouté sans plus d'étonnement que si je l'avais prié de me faire boire un verre d'élixir. Alors il m'a renvoyé au Père Louis-Marie, qui a entrepris l'examen de ma vocation.

— Et ce frocard maladroit t'a laissé sortir de la nasse où tu étais si bien entré ! Vertuchoux ! Si tu avais eu affaire à ma tante de Chavornay, tu ne serais pas ici aujourd'hui.

— Je n'ai pas l'honneur de connaître madame ta tante, mais le « frocard » dont tu parles n'est pas une bête, je t'assure. Il a de l'esprit comme Dumas, seulement il connaît mieux le monde. Pendant huit jours nous avons eu ensemble des conversations !... J'aurais payé ma place.

— Eh bien, il fallait la garder.

— Oui, mais, au bout de huit jours, on m'a mis au silence. Plus d'entretiens pittoresques avec le Père Louis-Marie. Des tête-à-tête prolongés avec le nommé Albert de

Sénac, ce qui était beaucoup moins drôle.
Vers la fin de la seconde semaine, je suis
parti. Si tu m'avais vu descendre les pentes
de la montagne !... J'avais des ailes ! J'ai
couru, couru, et ne me suis arrêté qu'en
Chine, d'où je reviens.

— Alors, tu partages mes idées sur le métier ?

— Ce métier, comme tu dis, est probablement le meilleur de tous, mais il y faut
des dispositions spéciales qui me font abso-
lument défaut, je le sais maintenant, grâce
au Père Louis-Marie.

Les deux amis rentrèrent au salon où
Thérèse brodait un ornement d'église, pendant que mistress Crowe lui faisait la lecture. Sénac marchait le premier, et le tapis
empêchait d'entendre ses pas. Aussi, après
avoir écarté la lourde draperie persane qui
tenait lieu de porte, selon l'usage de l'Orient,
put-il regarder la jeune fille, dont les traits
portaient une expression de tristesse vaillante
qui les rendait un peu fiers. Pendant quelques secondes, il resta sur le seuil, écoutant
le souffle oppressé du poitrinaire qui sifflait
derrière lui, presque à son oreille. Mistress

Crowe, d'une voix très sympathique, un peu lente, lisait le chef-d'œuvre du saint précurseur de nos psychologues, si peu semblables, dans leur amertume, au doux médecin des faiblesses humaines :

« Or, le plus dangereux des amours, c'est l'amitié... »

— Quelle étrange parole ! interrompit Thérèse. Il me faut toute ma confiance en saint François de Sales pour croire qu'elle est vraie.

En ce moment, le clairon d'une caserne voisine fit entendre les trois notes de la sonnerie égyptienne de l'extinction des feux, ralentie et prolongée comme le chant d'un pâtre du Fayoum qui succombe au sommeil. Mademoiselle de Quilliane regarda la pendule, puis la porte par où son frère tardait à rentrer. Dans la pénombre, elle vit briller les yeux noirs d'Albert, et, tout d'abord, ses sourcils se tendirent sévèrement. On eût dit l'arc menaçant d'une nymphe surprise. Mais, presque aussitôt, elle accueillit d'un sourire l'entrée des deux amis, et le geste léger de sa belle main fit signe à sa compagne que la tâche était finie pour la soirée.

— Déjà si tard ! fit Christian sans s'asseoir.
Nous nous sommes oubliés. Je regagne ma
chambre ; bonsoir, vous tous ! Lanespède veut
que je sois au lit à dix heures. J'aimerais
mieux qu'il me donnât le moyen d'y dormir
une fois que j'y suis. Quand te verra-t-on,
Albert ?... Me feras-tu le sacrifice d'un petit
moment demain ?

Dans le regard furtif de mademoiselle de
Quilliane, Sénac lut une prière.

— Un petit moment ? répliqua-t-il, mais je
compte bien que nous passerons la journée
ensemble. C'est toi qui me serviras de drogman au Caire. Va, repose-toi, et, si mademoiselle veut bien me faire cette grâce, nous
déjeunerons ensemble, tout en organisant une
tournée.

Albert se préparait discrètement à se retirer
en même temps que le marquis.

— Pourquoi t'en vas-tu ? lui dit ce dernier.
Tu n'es pas forcé, toi, d'être au lit à dix
heures, par ordonnance du médecin. A moins
que ma sœur ne te renvoie...

—Mais non, répondit mademoiselle de Quilliane. Je ne veux pas congédier notre hôte de

si bonne heure. Asseyez-vous, monsieur, tandis que je finirai l'aile de mon ange.

— D'autant plus que, si tu as besoin d'un modèle...

Sur cette plaisanterie, qu'il accompagna d'un geste un peu moqueur pour désigner son ami, Christian disparut.

Albert prit une chaise de l'autre côté de la table et dit très haut :

— Savez-vous, mademoiselle, que ce méchant garçon m'avait fait peur tantôt ? Il parle de lui-même d'un ton si lugubre qu'on le prend d'abord au sérieux. Penser qu'il suffit d'un rhume pour frapper à ce point l'imagination d'un homme ! Il n'a rien et se croit menacé, de la meilleure foi du monde...

Il broda sur ce thème un instant. On entendit, dans la pièce voisine, un bruit de porte fermée, puis une sonnette retentit. Dans le salon, celui qui parlait baissa la voix.

— Il nous écoutait, dit-il ; j'en étais sûr. Pauvre Christian !

— Perdu, n'est-ce pas ? questionna mademoiselle de Quilliane, des yeux plus encore que de la voix.

Et comme nulle réponse n'arrivait :

— Vous avez, continua-t-elle, même les tromperies ingénieuses de la véritable amitié. Comme j'en suis touchée ! Comme vous êtes bon de sacrifier à mon frère le temps si court que vous passez dans cette ville ! Vous lui faites beaucoup de bien. Hélas ! il est si malheureux, si seul, si oublié de tous, lui entouré, fêté jadis ! Ah ! horrible monde !

Albert fut sur le point de faire observer que le « monde » qui délaissait Quilliane appartenait à un genre spécial, encore plus inconstant que l'autre dans ses faveurs. Mais cette réflexion était au moins inutile. Sans autre commentaire, il répondit :

— Tant que votre frère vous aura près de lui, je n'estime point qu'il ait à regretter le monde.

— J'ai beau faire ; il voit trop en moi la garde-malade pour trouver beaucoup de plaisir à ma compagnie.

— Se laisse-t-il soigner docilement ?

— Avec une docilité navrante. Lui, l'homme ignorant naguère de toute règle et de toute sagesse, il va se coucher comme un enfant

quand l'heure sonne. Il s'accroche à la vie par
tous les moyens. Si, seulement, il obéissait
aussi bien quand il est question de guérir son
âme ! Hélas ! il me donne la suprême douleur
de le voir repousser Dieu ! Mais peut-être ne
sauriez-vous me comprendre quand je vous raconte ce chagrin. Peut-être plaignez-vous Christian d'avoir une sœur « pas toujours drôle »,
comme il dit ? Ah ! monsieur, ne travaillez pas
contre moi !

— Mademoiselle, répondit Albert avec un
accent ému, quand on est, ainsi que je le suis,
le fils d'une sainte et vénérable mère, on en
garde toujours quelque chose. Ne craignez pas
que mes paroles combattent les vôtres dans
l'esprit de Christian. Vous et moi, nous en-
tendons la même langue surnaturelle. Je vous
comprends, mieux que vous ne pensez peut-
être, dans plus d'une douleur et dans plus
d'un désir. Faites-moi la grâce de n'en plus
jamais douter.

Sans insister davantage, il se mit à parler de
sujets moins sérieux. Mistress Crowe intervint
dans la conversation que Thérèse laissait un
peu languir et, sans beaucoup de peine, la fit

3.

tomber sur les Indes, le lieu du monde, comme elle le disait elle-même, où elle avait connu le plus de bonheur et le plus de larmes. Bon gré, mal gré, il fallut qu'Albert se souvînt d'avoir remarqué une certaine petite maison d'un faubourg de Bombay où s'était écoulée la courte lune de miel du malheureux Crowe, et dans laquelle il était mort du choléra en trois heures.

— Du reste, ajouta le voyageur, il est probable que j'y retournerai bientôt et je vous promets, madame, de vous envoyer un croquis de votre ancienne résidence.

— Comment! dit mademoiselle de Quilliane, vous allez encore courir le monde?

— Si Dieu me prête vie, répondit Sénac, et aussi, ajouta-t-il en riant, s'il m'accorde le gain de mon procès. D'ailleurs, j'ai commencé là-bas des études curieuses, déjà trop avancées pour que je les abandonne. Aussi bien, je suis libre comme l'air, et personne, que je sache, ne s'apercevra de mon retour ni de mon départ.

— C'est comme pour moi, fit Thérèse avec un sourire un peu triste. Allons! mon ange

a toutes ses plumes. Bonsoir, monsieur. Nous
déjeunons à midi.

— Le comte de Sénac ne ressemble à aucun
des Français que j'ai connus, remarqua la
douce Kathleen, quand le jeune homme eut
disparu. Penser qu'il a vu la maison où est
mort mon bien-aimé Colomban!

Thérèse ne répondit rien. Elle semblait absorbée par le soin qu'elle mettait à couvrir sa
tapisserie d'un voile protecteur. Et cependant
elle songeait à Sénac. Elle se disait :

— Enfin ! en voilà un qui n'a pas l'air de
me croire folle, parce que j'ai résolu de quitter le monde ! Au contraire, il m'approuve.
C'est une lumière de plus que Dieu m'envoie.

Seule dans sa chambre, elle s'étonna de
n'être pas plus reconnaissante envers Sénac, et
de sentir qu'elle lui aurait pardonné facilement si, comme les autres, il l'avait dissuadée
du chemin qu'elle voulait prendre.

## III

Le lendemain, Quilliane fut sur pied de bonne heure. Il avait dormi; ses idées noires étaient écartées pour le moment : il ne songeait qu'à vivre.

Thérèse entra chez lui comme elle faisait chaque matin, portant la tasse de lait de chèvre encore tiède.

— Eh bien! demanda-t-il tout en buvant. Es-tu contente de ta soirée? Sénac et toi vous avez dû vous entendre, car si tu méprises les hommes, il a les femmes en exécration. J'imagine que l'entretien de deux êtres aussi parfaits a dû combler de joie les esprits célestes.

— Il a fait, dans tous les cas, la joie de
mistress Crowe qui a pu parler des Indes.
C'est elle qui a tenu le dé de la conversation.
Elle était ravie.

— Comment! Albert ne t'a pas persuadée
de regagner au plus vite ton couvent? Tu ne
lui as pas inspiré le remords d'avoir quitté la
Chartreuse ?

— La Chartreuse! Quelle plaisanterie est-
ce là?

— Bon! je vois qu'il ne t'a pas encore trouvée digne de ses confidences. Moi, j'ai eu plus
de bonheur.

Christian répéta ce que son ami lui avait
conté la veille. Mademoiselle de Quilliane écoutait, la tête appuyée sur sa main que l'or des
cheveux noyait. Son regard cherchait une
image dans le vide, mais elle ne pouvait se
figurer Sénac perdu dans les plis d'une robe
de laine blanche, les cheveux rasés en couronne, méditant au pied d'une croix. En ce
moment, chose étrange, elle revoyait une
armure damasquinée d'or qui gardait fièrement le vaste escalier de l'hôtel de famille où

elle était née. Durant toute son enfance, l'armure avait personnifié pour elle un monde mystérieux, idéalement paré de vertus surhumaines.

Tour à tour, elle avait enfermé dans la carapace de fer les héros de tous les siècles dont l'histoire avait enflammé sa jeune imagination. Que de fois elle s'était échappée de la nursery ou de la salle d'études pour venir causer avec « le chevalier », tantôt blond, avec des yeux d'azur très doux, tantôt brun, avec des moustaches terribles, des prunelles qui lançaient la flamme, tantôt grisonnant, avec un visage criblé de balafres et dépareillé par la perte d'un œil. Mais quel que fût son âge ou son teint, qu'il s'appelât Renaud, Tancrède, le beau Dunois ou Crillon, « le chevalier » possédait une qualité invariable : il était toujours prêt à déconfire une armée, pour un ruban aux couleurs de sa dame. Il va sans dire que l'objet de cette grande amour n'était autre que Thérèse elle-même, dont la jolie tête blonde arrivait juste à la hauteur des gantelets du preux, croisés sur le pommeau de l'épée massive.

Depuis qu'elle avait grandi, notamment
depuis qu'elle avait pris une chambre au couvent des bernardines de l'avenue Kléber, Thérèse avait oublié son chevalier, comme beaucoup de femmes oublient les leurs, même
quand elles auraient des motifs plus sérieux
d'en garder le souvenir. Chose étrange! à
cette heure, tandis que son frère lui contait la
pieuse odyssée d'Albert, elle revoyait l'armure
brillante et, à la place de la visière levée, un
visage nouveau paraissait, bruni par l'Orient,
un peu sévère au premier coup d'œil, mais
prompt à s'éclairer d'un sourire très doux, le
sourire des hommes invincibles, quand un
certain regard l'interrogeait, celui de la petite
fille devenue assez grande pour étudier les
curieuses ciselures du heaume sans monter sur
un tabouret.

Le marquis était loin de deviner à quoi songeait sa sœur; mais elle semblait si rêveuse
avec ses grands yeux fixés vers un point de
la muraille, que Christian éclata de rire en
posant sa tasse vide. Elle rougit, comme si
son frère eût surpris ce retour romanesque
à des imaginations enfantines. Soudain, se

levant, elle embrassa Quilliane au front.

— Tu viens de rire comme autrefois, dit-elle.

Comme autrefois aussi il regarda Thérèse de côté, avec une espièglerie taquine de collégien. Il répondit :

— Si tu savais ce qui me fait rire, tu m'arracherais les yeux. Je bâtis une histoire qui serait bien amusante. Une belle jeune fille vouée au Seigneur, un gentilhomme décidé à fuir les femmes toute sa vie, se rencontrent par hasard. Tu comprends la suite ?

— Non, dit Thérèse d'un ton bref et sec qu'elle avait rarement.

L'inquiétude, plus encore que le déplaisir, se lisait dans ce regard qui imposa silence au rieur.

Christian, frappé de cet ennui, prit la main de sa sœur et continua, sans sourire, cette fois :

— Écoute, *petiote*, — c'était son grand mot de tendresse — il faut, de temps en temps, me laisser dire des bêtises. Ne va pas, pour cette plaisanterie, faire une figure longue d'une aune à ce pauvre Albert. Veux-tu sa-

voir la vérité? Si je pouvais te rendre folle
de lui par un signe de ma main, je me garderais bien de le faire. Car tu serais condam-
née au pire supplice pour une femme comme
toi : aimer sans être aimée. Celui-là, désormais, est à l'épreuve du feu... comme une
maison qui a passé par l'incendie.

— Par l'incendie ! répéta la jeune fille
sans comprendre, ou du moins en ayant l'air
de n'avoir pas compris.

— Eh ! oui, un grand chagrin de cœur
dont il n'a jamais voulu parler qu'à mots
couverts. D'autres s'en seraient consolés, mais
Sénac est un original qui prend tout au
sérieux. Et d'une ténacité dans ses impres-
sions !... Avec cela, une pointe de religiosité
et de mysticisme... qui l'a conduit jusqu'au
bord de l'abîme. Non, ma pauvre amie, ne
crains rien. Ce n'est pas lui qui t'empêchera
d'aller au couvent. Il t'y porterait plutôt !

Christian ne riait plus. Thérèse le quitta
pour donner quelques ordres qui se mêlaient
dans sa tête avec des préoccupations d'un
genre moins matériel. Tout à la fois elle se
demandait ce qui valait mieux, pour le riz,

du pilaff à la turque ou du currie à l'indienne, et ce qui convenait davantage, pour
Albert, d'une réserve un peu froide ou d'une
confiante simplicité.

Le menu fut réglé sans trop de peine. mais
quand elle rentra chez elle, rien n'était décidé
pour les autres questions. Toutefois elle pen-
chait en faveur du désarmement.

Elle se disait :

— Comment n'aurais-je pas de la confiance
et de l'estime pour lui ? Mon frère ne m'en a
raconté que du bien et, d'habitude, Christian n'est pas tendre pour les autres hommes,
même pour ses amis... Nous avons les mêmes
idées. Avec lui je n'ai pas à craindre les éter-
nelles discussions sur les couvents. « Il m'y
porterait plutôt ! » Je ne lui en demande pas
tant. J'irai bien toute seule, avec la grâce de
Dieu.

L'heure était venue de faire sa lecture pieuse
du matin. Elle prit son livre et l'ouvrit au
hasard. Le chapitre convenait merveilleuse-
ment à la situation, et son grand ami, l'aimable saint, paraissait l'avoir écrit tout exprès
pour elle, en vue de la prémunir contre les

discours du siècle. Ces mots passèrent sous
ses yeux : « Les libertins diront qu'un chagrin que vous avez reçu du monde vous a fait,
à son refus, recourir à Dieu. A l'égard de
vos amis, ils s'empresseront de vous faire
bien des remontrances. »

Elle s'arrêta pour demander à saint François de Sales :

— Vous êtes-vous aperçu qu'*il* ait eu mine,
un seul instant, de faire l'un ou l'autre?

Saint François de Sales ne souffla mot. Il
était apparemment, sur le compte d'Albert,
du même avis que mistress Crowe... et que
Thérèse elle-même. Quand l'heure sonna, la
future bernardine en était à cette phrase :

« Il est bon, pour assurer notre dévotion,
d'en souffrir du mépris et quelques injustes
reproches. »

Mademoiselle de Quilliane ferma son livre
afin de se rendre au salon. Et, pour la première fois, elle sentit en elle un atome de
grief contre Albert de Sénac. Elle pensa :

— Au fait, pourquoi semble-t-il trouver si
naturel ce que je vais faire?

Mais bientôt elle eut un autre reproche plus

immédiat à formuler contre lui. Midi sonna.
Ce personnage léger se faisait attendre. Il y
gagna quelques bonnes vérités que lui décocha
le marquis.

— Voilà comme il se soucie de nous! A la
vérité, je ne vois guère ce qui peut l'amuser
dans cet hôpital. Nous aurions dû le laisser
libre. Il n'aime que son indépendance.

A midi vingt minutes, Albert était un de
ces amis sur lesquels on ne peut pas compter
Quand la demie sonna, il était le type de
l'égoïsme. Thérèse était outrée de ce peu d'empressement, non pour elle-même — à l'entendre — mais pour son frère dont toute la
bonne humeur était partie. Seule, Kathleen
défendait l'absent :

— Il est malade, peut-être. Ou bien un
accident...

— Allons donc! riposta aigrement le marquis. Est-ce que ces hommes-là sont malades?
Un accident! soyez sans crainte. Il est de
force et de taille à se tirer d'un mauvais pas
sur terre et sur mer. Quoi qu'il en soit, déjeunons, ou plutôt déjeunez, car moi je n'ai
pas faim.

Comme Thérèse venait de donner l'ordre de
servir, le coupable parut, un peu échauffé de
la presse qu'il s'était donnée, avec un rayon-
nement heureux de force et de santé, presque
pénible à voir en face de l'abattement de son
ami.

— Bravo, mon cher ! Voilà ce que tu appelles
ne pas me quitter !

A cette apostrophe assez aigre, Albert comprit que son retard était un crime de haute
trahison. Il chercha les yeux de mademoiselle
de Quilliane et ne les trouva point, ce qui fut
pour lui une punition sévère. J'ai connu,
jadis, une femme qui pouvait rendre la vie
insupportable à ceux qui l'entouraient: parents,
amis, domestiques, rien qu'en les privant durant une heure de son sourire. Thérèse avait
le même pouvoir sur ceux qui l'avaient seulement vue sourire une fois. Sénac, en entrant,
croyait n'être qu'un convive qui s'était fait
attendre. A l'accueil froid de mademoiselle de
Quilliane, il s'aperçut qu'il avait commis un
inqualifiable forfait.

— Écoute-moi, dit-il à son ami.

Sa plaidoirie s'adressait à Christian, mais il

regardait la jeune brodeuse absorbée dans les
fleurs de sa chasuble. Tels ces malfaiteurs qui
parlent au jury, le corps tourné de biais vers
les gendarmes qui vont les conduire en prison.

— Voici mon histoire, commença le délin-
quant: Ce matin je me suis levé au point du
jour.

— On ne s'en douterait pas, grogna le
malade.

Une femme peut dire mille choses par la
seule façon dont elle plante l'aiguille dans
l'étoffe. L'aiguille de Thérèse fit entendre un
claquement sec qui signifiait clairement :

— N'aviez-vous donc nulle idée qu'on vous
attendait par ici ?

— A peine levé, continua Sénac, je suis sorti
de l'hôtel. Huit heures sonnaient. Tu comprends qu'il était trop tôt pour venir chez toi.
Déjà, sous la terrasse de Shépheard, grouillait
une population d'âniers, de carrioleurs et de
drogmans. Un de ces derniers me racole :

— Monsieur ne va pas voir les Pyramides ?

— Je n'ai pas le temps.

— Mais on y va en vingt minutes avec une
bonne voiture.

J'ai cédé. Les chevaux étaient de premier choix, de sorte que nous n'avons mis qu'une heure et demie. Autant pour revenir, sans compter l'ascension.

— Ah! parfaitement! Tu as fait l'ascension?

— Comment ne l'aurais-je pas faite? A peine avais-je mis pied à terre que des Arabes m'ont empoigné et porté là-haut. Puis ils m'ont repassé à d'autres qui m'ont plongé dans les entrailles de la terre. Une troisième escouade m'a traîné aux pieds du Sphinx. Enfin, comme j'allais repartir, un photographe a surgi, braquant sur moi son objectif, et j'ai dû poser, la tête de trois quarts, les yeux fixés « avec expression » sur la main sale que l'opérateur dressait en l'air comme un jalon, et le coude gauche appuyé sur Chéops, qui n'a pas bougé, c'est une justice à lui rendre.

Le mot fit sourire Thérèse qui, comme on peut le voir, s'amusait de peu. Une petite bourgeoise eût haussé les épaules. Mais Sénac, tout réconforté par ce sourire, n'aurait pas donné sa plaisanterie pour le répertoire de Labiche.

— Enfin, continua le narrateur, me voici.

Mon cocher, couvert d'or, m'a ramené ventre à
terre. C'était effrayant. Je ne pourrais pas dire
combien nous avons écrasé de chèvres, bous-
culé d'ânes, accroché de chameaux. Maintenant j'ai vu l'Égypte et je ne te quitte plus
jusqu'à mon départ. Mais, par Sésostris, que
j'ai faim !

Les grands appétits, comme les grandes
convictions, sont contagieux. Tout le monde
fit honneur au déjeuner, même Quilliane.
Tandis que les deux hommes discutaient la
durée future de l'intervention des Anglais,
Thérèse dit tout bas à mistress Crowe :

— Regardez mon frère. C'est un autre
homme. Si M. de Sénac restait seulement
quinze jours. Dieu sait quel changement nous
verrions !

Une promenade en voiture occupa l'après-
midi. La température était merveilleuse et
l'humeur de Christian ressemblait à la température. Jamais, à l'entendre parler, on n'aurait
dit qu'il était au Caire pour autre chose que
pour son plaisir.

— Te souviens-tu, disait-il à son ami, de
l'époque où nous pensions qu'un hiver à Nice

représente l'effort suprême d'un sybaritisme raffiné ? Pourrions-nous voir sans rire, au- jourd'hui, ces palmiers hauts comme des choux cabus, et même ce soleil aux rayons duquel nous nous promenions avec une pelisse sur le bras et un foulard dans la poche. Regarde-moi tous ces gaillards à moitié nus. Les trois quarts coucheront cette nuit à la belle étoile — par goût. Rien qu'à les voir on a trop chaud. Et quelle mascarade pittoresque dans ces costumes !

— Oui, répondit Albert. On étonnerait beaucoup ces braves gens si on leur disait qu'il existe une ville où l'on gagne des prix en s'habillant comme eux, et en se jetant du plâtre à la figure.

— On les étonnerait bien davantage en leur disant que ce sont de grandes dames qui obtiennent les prix.

— Mon cher, dit Sénac, on ne trouve plus de grandes dames qu'en Orient.

— Oh ! monsieur ! protesta Thérèse. Moi j'en connais encore en France, Dieu merci !

— Vous connaissez, mademoiselle, des fem- mes comme il faut, mais ce n'est pas la même chose. Une grande dame est plus qu'une per-

4

sonne bien née. C'est une personne entourée
d'une barrière morale, matérielle aussi, qui
l'entoure et la suit partout, la rendant inaccessible. De nos jours, la barrière est tombée, et
nous ne chercherons pas trop qui l'a jetée par
terre. Nos duchesses pataugent dans la foule.
On leur marche sur les pieds aux courses, leurs
jupes sont fripées aux guichets des gares. Aux
ventes de charité, le premier venu les dévisage
en attendant sa monnaie. Les journalistes leur
portent la guerre ou la paix dans la poche de
leur veston, et j'en connais qui font risette à
ceux que leurs grand'mères eussent appelé :
obscurs folliculaires. Enfin, dans les bals de
bienfaisance, quand un courtaud leur demande
une valse et qu'elles se disent fatiguées, il faut
voir la colère du monsieur. « Chipie, va ! » et
il leur tourne le dos avec indignation.

Christian dit avec le sourire sceptique qu'il
avait toujours quand on agitait ces questions
devant lui :

— Je voudrais bien voir ce que sera un jour
madame la comtesse de Sénac, dont le futur
mari trouve qu'il n'y a plus de grandes dames
qu'en Orient.

Albert désigna du regard un coupé qui passait emportant deux femmes turques de haute volée.

— Tiens, dit-il, examine celles-la. Quelle correction dans la tenue ! Ont-elles fait un mouvement pour nous voir ou pour être vues de nous ? Les passants peuvent deviner qu'elles sont jolies, mais c'est tout. Et s'ils s'avisaient de regarder de trop près, s'ils frôlaient du coude la robe de ces belles personnes quand elles descendront de voiture, la courbache de ce gros nègre interviendrait. Note bien que la foule conspuerait le battu et donnerait raison au nègre. Voilà des grandes dames !

— Bonté divine ! soupira Quilliane, les bras au ciel ; en voici bien d'une autre. La comtesse sera musulmane !

— Elle aura un défaut plus grave encore, dit Albert, qui sera de ne jamais exister. C'est ce qui fait ma force. Aussi bien, avec mes idées retardataires, la pauvre femme serait fort à plaindre. Je la priverais d'une foule de plaisirs, à commencer par les plaisirs innocents ou réputés comme tels, dont nous parlions tout à l'heure ; elle serait la dernière des grandes dames : beau titre, mais un peu lourd à porter.

— Eh bien, vrai ! conclut Christian ; tu t'és montré sage en te décidant au célibat. On en verrait de belles dans ton ménage, en supposant que tu trouves une malheureuse disposée à dire oui.

Thérèse garda le silence, bien entendu, quoiqu'elle ne fût pas intéressée dans la question. Mais elle songeait tout bas :

— Est-ce possible que les jeunes filles d'aujourd'hui aient si peur d'un mari sensé ?

Elle vint à table, ce soir-là, dans sa robe de la veille, ni plus coquette ni moins grave, mais plus disposée à la confiance envers cet étranger qui montrait, par le respect seulement, qu'il se trouvait en présence d'une femme. Elle pouvait, avec lui, abandonner la contrainte et n'avait pas besoin d'arborer le pavillon neutre sur le navire, puisque ce jeune homme n'en voulait pas à la cargaison. Même il lui plaisait de laisser paraître qu'elle n'était pas au nombre de ces disgraciées qui fuient le monde, comme elles sortiraient d'un bal où elles sont réduites à voir danser les autres. N'était-ce pas une façon d'honorer ses fiançailles mystiques ?

Elle s'arrangea pour que la conversation fût
reprise au point où elle était restée à la fin
de la promenade. Quand vous êtes sur le point
de quitter un pays, même de votre plein gré,
c'est une satisfaction d'entendre dire que la
contrée est plate, mal habitée et qu'on y gagne
facilement la fièvre. Ainsi elle prenait plaisir
à entendre Albert déblatérer contre le monde.

Entre ce frère et cette sœur qui faisaient leurs
paquets pour en sortir, chacun par une porte,
Albert n'avait que trop sujet de philosopher.
Il retomba de plein pied dans son thème favori.

— Ce matin, disait-il, tandis que je grimpais
les assises du tombeau de Chéops, je calculais
qu'un marbrier du Père-Lachaise demanderait
trois ou quatre cents millions pour faire un
monument funèbre sur ce modèle. Voilà une
époque ! Nos pauvres diables de rois ou d'em-
pereurs d'aujourd'hui sont tout fiers, quand
on a dépensé, pour les enterrer, quelques char-
ges de poudre, quelques planches d'acajou et
quelques pièces de velours noir. Ce siècle est
indigent et bourgeois. Les mieux partagés, de
nos jours, sont des mendiants arrêtés sans cesse
par l'impossible, dans leurs amours, dans leurs

4.

dévouements, dans leurs folies elles-mêmes.. Tout est petit, dans nos vertus comme dans nos vices. Nous ne causons pas dix minutes sans dire : « Je n'ai pas le temps ! » ou bien : « Cela coûte trop cher », ce qui, au fond, est la même chose : un aveu de pauvreté.

— Mais alors, fit Thérèse en souriant, vous devez être effroyablement malheureux de vivre dans une société si peu conforme à vos goûts.

— Mademoiselle, répondit Sénac, on trouve par-ci par-là des agglomérations d'individus qui mangent du pain, boivent de l'eau, dorment sur la paille et tressent du jonc, en assez mauvaise compagnie. Si vous demandiez aux raffinés de la bande comment ils peuvent rester là, ils vous avoueraient qu'ils préfèrent autre chose, mais qu'ils n'ont pas le choix. Pour mon compte, si j'en possédais le pouvoir, j'aurais bientôt fait de démolir la prison et de m'entourer d'une société plus agréable.

— Oh ! plus agréable, dit Christian, c'est à savoir. Car, bien entendu, l'élément féminin serait proscrit de ton organisation.

Thérèse parut légèrement inquiète, ce qui

arrivait chaque fois que son frère se mettait à
parler des femmes. Albert répondit :

— Allons ! décidément tu veux me faire
passer pour un monstre aux yeux de ces
dames. Il est temps d'en finir. Donc, je le
déclare hautement : si j'organisais ma vie
selon mon rêve, on y trouverait une femme,
une femme que j'aimerais et qui serait *ma*
femme. Son portrait, je t'en fais grâce. Elle
serait parfaite, tout simplement. Quand nous
imaginons le paradis, nous ne le voyons pas
avec des courants d'air et des cheminées qui
fument.

— Par conséquent, tu exiges la perfection
pour accorder l'amour?

— Oui, parce que l'amour tel que je le
comprends est un culte, et qu'à moins d'être
un sauvage, on n'adore pas un être inférieur.
Si j'aimais une femme, je me donnerais à elle
tout entier, et je jure que celle-là ne m'enten-
drait pas dire : « Je n'ai pas le temps, » ou
bien : « Cela coûte trop cher, » quand il s'a-
girait de son bonheur.

— Tu serais, en un mot, l'idéal du désin-
téressement.

— Tout au contraire. Je serais le plus habile des égoïstes, car j'estime que le sourire
de la femme aimée est, pour un homme, la
félicité suprême, à condition, bien entendu,
que cette femme sourie pour lui et par lui.

— Oh! oh! dit Quilliane, faire sourire une
femme à journée faite, c'est déjà une entre-
prise. Mais empêcher qu'elle ne sourie pour
les autres... Mazette! il faudrait n'avoir pas
d'autre occupation.

— Mais ce serait mon cas. Je connais des
êtres fort intelligents qui n'ont d'autre occupation que de faire des livres, ou de ciseler
des statues, ou d'écrire des opéras, ou d'a-
cheter et de vendre du trois pour cent, ou de
défendre des gredins devant la cour d'assises.
Franchement, en supposant mon hypothèse
réalisée, j'estime que mon occupation vau-
drait bien celle de ces braves gens.

— Ma chère, dit le marquis en se levant de
table, voilà un pauvre jeune homme qui est
fou. Allons lui faire prendre une douche.

Comme la veille, Quilliane entraîna son
ami au fumoir. Là, il émit à son tour ses
idées sur « l'élément féminin ». Fort heureu-

sement pour elle, sa sœur n'était pas là pour
l'entendre.

Quand ils revinrent au salon, mademoiselle
de Quilliane l'avait déjà quitté pour son appartement, et ce fut une grande déception pour
Sénac qui espérait finir sa soirée de la même
façon que la veille. Il rentra chez lui, l'âme
vexée d'un mécontentement qu'il ne comprenait pas, et qui était, pour le moins, ce dépit
instinctif que nous ressentons en présence
d'une femme jeune et belle, se révélant à nous
comme manifestement inaccessible. A coup
sûr, Albert était à cent lieues de toute pré-
méditation d'escarmouche galante ; mais l'in-
commensurable orgueil masculin s'agitait
en lui. Bon gré, mal gré, il était obligé de se
dire :

— Celle-ci n'attend, n'espère, ne craint rien
de toi. Des pensées, des aspirations, des joies,
des tristesses dans lesquelles tu ne tiens pas
la moindre place remplissent sa vie. Heureuse,
il ne dépend pas de toi de la troubler ; malheureuse, il n'est pas en ton pouvoir d'alléger
sa peine ; lasse et accablée, ce n'est pas sur
toi qu'elle appuiera sa belle main, même pour

une minute fugitive. Nul rêve inavoué, nulle
attention passagère ne saurait te livrer une
parcelle de cette âme à tout jamais étrangère
pour la tienne. Que tu sois près de cette
exilée du monde idéal ou séparé d'elle par
des centaines de lieues, elle ne s'en apercevra
point. Au-dessus de toi elle plane!

Il avait raison, pas complètement peut-être,
car, pendant qu'il songeait ainsi, Thérèse répondait à mistress Crowe, qui lui disait bonsoir après un brillant panégyrique d'Albert :

— C'est une âme élevée. Si j'avais eu le
malheur d'avoir un homme et non pas Dieu
pour époux, j'aurais voulu que cet homme
ressemblât sur plusieurs points à M. de Sénac.

Comme l'honnête visage de l'Irlandaise exprimait quelque étonnement, mademoiselle Quilliane ajouta :

— Vous êtes surprise que je parle ainsi ?
Hé ! mon Dieu ! on entend parfois des gens
qui disent : « Si je me tuais, je choisirais
l'asphyxie, qui défigure moins. » Faut-il, de
là, conclure à des projets de suicide?

# IV

Le lendemain, Thérèse était un peu triste en s'éveillant. La fidèle Kathleen s'en aperçut et lui demanda pourquoi.

— C'est, dit-elle, que nous aurons des adieux ce soir, et vous savez comme il suffit de peu de chose pour faire retomber Christian dans ses idées sombres. Depuis deux jours, tout allait mieux. Demain la maison nous semblera plus triste; je veux dire qu'elle semblera triste à mon frère, car, pour moi...

Elle secoua la tête. Ses beaux cheveux relevés pour la nuit se défirent et glissèrent

mollement sur ses épaules, comme une ava-
lanche d'or sur la neige.

— Mon Dieu! soupira-t-elle en se hâtant à
sa coiffure, que de temps perdu! Combien ce
sera plus commode un jour, quand les ciseaux
auront passé par là.

— Oh! mademoiselle, je frissonne en songeant à cet acier froid sur le cou. Il me
semble que le reste n'est rien. Le fourreau de
laine remplaçant la batiste et la robe de mariée; les sandales qui meurtrissent les pieds;
l'horrible camail, toutes ces choses me glacent
moins. Le drap de mort lui-même, les psaumes
lugubres, je pourrais les supporter. Mais
voir couper ces cheveux!... cela, jamais!

— On les remarque trop, songeait la novice
*in partibus* en s'ajustant devant la glace. *Il*
les a vus tout de suite. Et cependant je serre,
je serre...

Et de serrer, en effet, ce qui rendait l'or
encore plus brillant. Ce chignon éblouissant
aurait tiré les yeux d'un aveugle. Décidément,
il n'y a que les ciseaux!

— Comme tu es jolie! s'écria Quilliane en
la voyant entrer chez lui, sa tasse de lait à la

main. Est-ce un péché de l'entendre dire à
ton frère ? Cela trouble-t-il ta conscience ?

— Pas le moins du monde. Cela m'en-
chante, au contraire. Quand tu m'admires,
c'est que tu as dormi et que tu vas mieux.

— Je me sens mieux depuis deux jours,
positivement. La promenade d'hier m'a fait du
bien. Le grand air m'est bon. Sais-tu, *petiote*,
ce qu'il faut faire ?

Mademoiselle de Quilliane, tout heureuse de
cet entrain, s'était mise à genoux près du fauteuil, les mains croisées autour du bras de son
frère.

— Que mon cher seigneur parle à sa servante, dit-elle en riant. J'écoute.

— Allons déjeuner quelque part au soleil,
tous les quatre. Sénac ne demandera pas
mieux, et mistress Crowe, en sa qualité d'Anglaise, doit aimer les pique-niques. Pour toi,
les choses de ce monde te sont indifférentes.

Thérèse, craignant que l'entretien ne tour-
nât au sombre, se hâta de dire qu'elle acceptait.
La discussion ne porta que sur le choix d'un
lieu convenable. Presque aussitôt, Albert fit
son entrée et surprit la jeune fille, qui ne l'at-

5

tendait pas à cette heure matinale, dans une attitude un peu trop gracieuse pour les yeux d'un étranger.

Comprenant qu'il arrivait mal à propos, Sénac fit mine de se retirer avec un mot d'excuse. Mademoiselle de Quilliane, de son côté, se releva d'un bond et parut légèrement contrariée.

— Très bien ! fit le marquis en riant. Les voilà qui vont s'enfuir chacun par une porte. Voyons, mes enfants, un peu de courage ! Que diable, vous ne vous mangerez pas.

Albert fit un grand salut à la belle effarouchée, puis, se détournant d'elle, pour montrer qu'en effet il ne voulait manger personne :

— Monsieur le marquis a l'humeur bien plaisante ce matin, fit-il, restant lui-même assez sérieux.

— Monsieur le comte paraît bien solennel, riposta Christian.

— J'ai mal dormi, déclara Sénac, qui s'obstinait à ne pas tourner les yeux vers Thérèse.

— Le fait est, dit Quilliane à sa sœur, que ce jeune homme ne présente aucun des symptômes favorables que tu constatais en moi il y a un instant.

Thérèse rougit un peu et dut s'avouer tout bas qu'en effet le nouveau venu ne songeait guère à l'admirer, de quoi elle fut plus contente que fâchée.

— Explique nos projets à notre hôte, dit-elle en se retirant. Je vais m'occuper des préparatifs.

Une heure après, on partait avec des provisions pour déjeuner sous le vieux sycomore d'Héliopolis, qui abrita de son ombre, s'il faut en croire une légende, le sommeil de la Vierge fuyant le glaive d'Hérode. Mistress Crowe était de la partie, bien entendu. Elle tenait tête au marquis, dont l'humeur se maintenait au beau fixe et qui la criblait de plaisanteries.

Thérèse de Quilliane laissait son regard flotter sur l'espace infini du désert dont le sable venait mourir à la grande route. Elle jouissait avec une paix profonde de ce spectacle qu'elle n'avait pas cherché pour son plaisir, songeant que bientôt des horizons plus étroits remplaceraient, pour ses yeux, cette plaine sans limites. Elle se sentait plus heureuse qu'elle n'avait été depuis de longs mois. N'entendait-elle pas le rire sonore du cher malade, auquel répondait parfois le rire d'Albert, plus grave, avec je ne sais quoi d'incomplet et d'inachevé qui montrait que la pensée du voyageur n'allait pas tout entière là où son ami l'appelait.

Le soleil, déjà très chaud à l'approche de midi, versait la joie de vivre dans tous les êtres. A gauche du chemin, dans la plaine plus basse visitée par le Nil, on voyait sourire la nature verdissante et fleurie. A cet hymne vaguement soupiré par la terre d'Orient, caressée en cette saison, non pas encore meurtrie par son brûlant époux, l'âme la moins païenne répondait, sans le vouloir, par le *carpe diem* d'Horace. La future religieuse songeait :

— Aujourd'hui, je donne congé à Thérèse de Quilliane. Je lui permets d'être jeune, encore une fois. Demain, qu'elle le veuille ou non, la porte entr'ouverte sur la gaieté humaine se refermera pour jamais. Demain ressemblera si peu à l'heure présente ! Pauvre Christian ! je le connais : il ne rira plus. L'ami qui l'arrache à lui-même nous aura quittés.

La vie, de nouveau, pèsera de son poids sur notre solitude. En attendant, que Dieu soit remercié pour cette minute de repos accordé sur la route !

Lorsque l'ombre, en s'allongeant, fit voir que le moment du retour approchait, les quatre compagnons devinrent silencieux, mais une même question était murmurée tout bas à l'oreille de chacun

— Où serai-je dans un an à pareil jour ?

Ils étaient assis sous les grands arbres de l'avenue qui se termine à l'aiguille colossale d'Héliopolis. Devant eux l'obélisque sortait brusquement du sol, planté comme une borne vulgaire, mais plus imposant dans la majesté simple de ces lieux qui l'avaient vu, quatre mille ans plus tôt, se dresser lentement sur sa base, que ces épaves dépaysées sur nos places publiques, parmi les colifichets de l'art moderne.

Autour du géant de granit, quelques fellahs dormaient sur la poussière, béatement allongés dans leurs robes bleues. Un troupeau de chèvres paissait le chaume, et la flûte à plusieurs tuyaux du berger invisible envoyait

doucement ses notes veloutées. A peine vêtus
d'un lambeau d'étoffe, repus de bakchiches,
gorgés des reliefs du repas, de beaux enfants
aux yeux de diamant noir se roulaient sur
l'herbe avec des ânons dont la grosse tête
espiègle respirait la bonne humeur. Et, tout
près des giaours dont il semblait ignorer la
présence, un Arabe tourné vers la Mecque faisait sa prière sur son manteau noir plié en
guise de tapis. On entendait les versets sacrés
s'échapper de ses lèvres comme un vague
bourdonnement, tandis qu'il répétait ses pros-
trations, rythmées à la façon d'un exercice de
gymnase.

Mademoiselle de Quilliane contemplait la
scène de ses grands yeux rêveurs, non sans
éprouver un peu de jalousie envers ce croyant
qui priait son Dieu à la face du monde comme
dans l'oratoire le plus secret. Toutefois elle
sentait le calme envahir son âme, tellement,
dans ce coin du monde, la grande lutte humaine semblait endormie, tellement tout semblait facile, simple, assuré, le pain de chaque
jour en cette vie, la joie sans fin dans l'autre.

Une fois encore la salle à manger de l'ave-

nue de Boulaq rassembla Thérèse, Albert et
Christian pour le dîner d'adieu. Au dessert,
le marquis voulut boire la santé du voyageur.

— On est dans l'embarras, dit-il, pour sou-
haiter quelque chose à un homme comme toi,
qui ne désire rien. Je me borne à un souhait
dont nul, mieux que moi, ne connaît la valeur :
Puisses-tu vivre très vieux ! Si tu n'y tiens pas,
ce dont tu es fort capable, mettons que je n'ai
rien dit. Ta visite, encore qu'elle fût involontaire, m'a fait du bien, tant de bien que je te
vois partir avec une épouvante indigne d'un
homme. Il me semble que si tu pouvais rester...
Mais tu ne peux pas !

Ces mots furent prononcés sur le ton d'une
interrogation suppliante comme certains désirs
de malade. Les yeux de Quilliane épiaient la
réponse, bien qu'elle ne pût être douteuse. Un
autre regard attaché sur la bouche d'Albert
semblait lui dire aussi :

— Vous ne pouvez pas. Mais, si vous pouviez... qui sait jusqu'où irait le miracle commencé par vous?

Sénac, passant la main sur son visage comme

pour en balayer une obsession, répondit, s'adressant à la sœur qui n'avait point parlé, non moins qu'au frère :

— Je vous ai raconté ce qui me presse de rentrer en France. Mais, dans quelques mois, nous nous y retrouverons tous, comme nous sommes aujourd'hui...

Par un mouvement d'épaules, Christian montra qu'il ne voulait pas en entendre plus long. Il savait bien qu'ils ne se retrouveraient jamais ensemble, tous, comme ils étaient ce jour-là.

— Tu t'en vas demain de grand matin? demanda-t-il brusquement.

— Le train part à dix heures. Je reviendrai te serrer la main avant d'y monter.

— Non! fit Quilliane d'une voix étouffée. J'aime mieux ne pas te revoir.

Une conversation péniblement banale s'établit grâce à des efforts douloureux de part et d'autre. Bientôt le marquis se leva.

— Allons! adieu! dit-il à Sénac. Je rentre chez moi. La journée a été dure pour un touriste de ma force. J'ai besoin de repos.

Quand la draperie de la porte fut tombée,

Albert, se retournant, vit mademoiselle de Quilliane debout, les coudes sur la cheminée, le front dans ses mains. Elle tournait le dos, mais, au mouvement de ses épaules, on pouvait deviner qu'elle pleurait. Il s'approcha et, d'une voix basse mais vibrante :

— Si vous perdez courage, *vous*, qui donc aura de la force ?

Thérèse, à ces mots, se retourna et répondit en s'essuyant les yeux :

— Vous avez raison. J'ai faibli, mais une seule minute. C'est ma punition d'avoir fait aujourd'hui comme ces mauvais soldats qui se désarment pour dormir, en face de l'ennemi. J'avais oublié !... Lui aussi, le pauvre garçon, il oubliait ! Il s'habituait à cette joie qu'il ne connaît plus : voir un ami ! Vous êtes le seul qui lui reste. Les autres... ah ! misérables hommes ! Les autres le laissent mourir sans une lettre. Hélas ! à peine vous a-t-il revu, à peine s'est-il cramponné à vous comme à la vie, et le malheureux vous perd ! Mon Dieu ! pourquoi êtes-vous venu !

— Je suis venu sans le vouloir ; je pars malgré mon désir. Ainsi toujours s'est écoulée ma

5.

vie, de surprise en surprise, sans utilité pour les autres, sans bonheur pour moi.

— Et c'est pourquoi l'être humain est fou de chercher son appui dans un autre homme. La vie est la même pour tous. Nul n'échappe à ses lois. Il semblerait, en vous voyant, que vous êtes moins rivé qu'un autre à ses besoins, à ses impuissances. Mais, l'heure venue, vous êtes forcé de dire, vous aussi, les paroles qui vous révoltent : « Je n'ai pas le temps » et « Cela coûte trop cher! »

Elle parlait avec une agitation fiévreuse infiniment pénible à voir, car il fallait que le découragement fût à son comble pour abattre ainsi une âme affermie dans sa foi et toujours maîtresse d'elle-même. Sa taille souple se pliait comme un roseau sous la tempête, chacun des gestes de ses belles mains était une grâce, et, pour sécher les larmes de ces yeux noyés d'une douleur déchirante, tout homme de cœur aurait exposé sa vie. Sénac, debout devant elle, dit d'une voie sourde :

— Je me souviendrai jusqu'à ma mort de l'amertume de l'heure présente.

Elle répondit en secouant la tête :

— Pourquoi vous en souviendriez-vous ?
Que sommes-nous dans votre existence? Allez!
vous n'êtes pas si fort à plaindre. D'ailleurs il
n'y a tel qu'un procès pour distraire, surtout
quand la somme est grosse! Plût au ciel que
mon procès, à moi, ne fût pas plus difficile à
gagner que celui qui vous occupe! Remerciez
Dieu qui a rendu votre chemin facile.

— Moins facile que vous ne semblez le croire,
dit le jeune homme.

Ils gardèrent le silence un instant, et Sénac
comprit qu'il devait la laisser seule. Déjà il
cherchait une phrase d'adieu, mais il sentait
que toutes les paroles qu'il pourrait dire
seraient un verbiage futile aux oreilles de cette
jeune créature, pliant, seule, sous un lourd
fardeau. En même temps il songeait — pour
la première fois avec cette intensité dans l'impression — à la journée du lendemain, à toutes
ces journées à venir, passées sans la revoir
jamais. Tout à coup, il dit en balbutiant
presque :

— Si vous pensiez, si vous pouviez croire
que je vous serais... que je serais utile à votre
frère en... prolongeant de quelques jours...

Elle supposa d'abord que Sénac faisait une de ces offres obligeantes qu'impose la politesse mondaine. Elle répondit en secouant la tête avec une ironie qui s'adressait au monde en général plutôt qu'à un homme :

— Vous n'avez pas le temps !

Alors, avec l'élan subit et dominant toute considération qui était dans son caractère, il insista :

— Dites-moi seulement de rester...

— Eh bien, restez ! dit Thérèse avec une sorte de défi, grisée en quelque façon par l'excitation de ce colloque étrange.

Avant qu'elle fût sortie de la stupeur que lui firent éprouver ses propres paroles, Sénac avait disparu, sans autre réponse qu'une inclination profonde devant mademoiselle de Quilliane.

Mistress Crowe, qui avait assisté à l'entretien dans un silence de statue, ne parut point froissée qu'Albert fût parti en oubliant de la saluer elle-même. Elle avait les yeux brillants et retenait son souffle comme elle eût fait auprès de deux enfants construisant un château de cartes, pour ne pas faire manquer

l'expérience. Thérèse, fort injustement, il faut
en convenir, s'en prit à elle de ce qui venait
d'arriver.

— Pourquoi n'avez-vous rien dit? M. de
Sénac a le droit d'imaginer, en effet, que je
n'ai personne auprès de moi pour me secon-
der dans ma tâche. Il n'est rien que je craigne
autant que la compassion des humains. J'ai
horreur d'être plainte. Avec tout cela, j'ai
parlé comme une personne sans cervelle.

— Non, répondit mistress Crowe. Vous avez
parlé comme une personne qui a du chagrin,
et qui ne croyait pas aux affections humaines,
jusqu'à ce jour.

— Cet homme qui ne me connaît pas va
me prendre pour une folle... ou Dieu sait
pour quoi. C'est ma faute; ce sera ma punition. J'espère bien qu'il n'y pensera plus dans
une heure.

L'Irlandaise, absorbée par les jours qu'elle
découpait dans une mousseline, garda le
silence. On entendait seulement un bruit de
ciseaux pareil à un pépiement d'oiselets dans
leur nid.

— Vous n'allez pas croire, insista la jeune

fille très agitée, qu'il prendra au sérieux cette insanité? Il faut qu'il parte; il l'a dit. Je mourrais de honte si je le revoyais demain. Vous ne pensez pas qu'il reviendra?

— Je pense, au contraire, que nous le verrons de bonne heure, mademoiselle.

— Vous voulez dire qu'il montera nous faire ses adieux en se rendant à la gare.

— M. de Sénac, ou je me trompe fort, ne songe plus à partir.

— En vérité! il aimerait mon frère à ce point!

Les ciseaux firent encore entendre leur gazouillement sarcastique.

— Pour l'amour du ciel, mistress Crowe, répondez-moi quand je vous parle! Que pensez-vous?

— Je vous le dirai donc puisque vous le voulez, mon enfant. Je pense que le comte de Sénac vous appartient corps et âme,

## V

« Examinons-nous sur le mal commis
envers Dieu, envers le prochain, envers nous-
même... »

Quand elle fut arrivée à ce point critique
de son oraison, Thérèse de Quilliane s'installa sur son prie-Dieu dans une pose moins
fatigante, prévoyant qu'elle n'était pas près
d'en avoir fini avec le redoutable examen.
Elle sentait en elle un grand trouble et ne
doutait point que le siège du malaise ne fût
dans sa conscience. Au fond, elle n'aurait
point pu dire au juste où se trouvait situé

cet organe délicat de son être moral. Plaignez les gens qui savent, à un pouce près, la position du cœur, de l'estomac et du foie. Ils ont dû, en maintes occasions, avoir besoin de cataplasmes.

— Qu'ai-je donc fait de mal aujourd'hui ? se disait Thérèse. Que j'aie péché, il n'y a pas le moindre doute ; je ne serais pas mécontente de moi comme je suis. Mais contre qui l'ai-je fait ce péché ? Est-ce contre vous, mon Dieu ? Il me semble que non. Je vous aime fidèlement. Ce n'est pas ma faute si je suis encore parmi les vanités du monde, si j'ai des robes de soie, si j'ai fait aujourd'hui une délicieuse promenade. Et encore, mon Dieu, j'ai récité mon chapelet dans la voiture, tandis que ces messieurs causaient.

Bon gré, mal gré, elle dut convenir que l'un de ces « messieurs » n'était pas étranger au malaise dont elle cherchait la cause.

— Car, enfin, sans moi il partait ! C'est une parole que j'ai dite... Mais je ne pensais qu'à mon frère. Mon Dieu ! vous le savez, je pensais à Christian. Son ami lui fait tant de bien ! Il encouragerait le désespoir même

quand il dit avec ce regard loyal qui ne saurait tromper : — Tout ira bien, on espère
contre toute espérance.

Ainsi Thérèse de Quilliane, très recueillie,
examinait devant Dieu sa conscience et, par
la même occasion, les qualités d'Albert de
Sénac. Pendant qu'elle y était, elle passa à
l'examen de ses défauts et ne trouva guère
qu'un reproche à lui faire : il était allé à la
Grande-Chartreuse et n'y était pas resté !
Mais tout le monde n'a pas le bonheur d'être
marqué au front du sceau des élus, dès ce
monde.

Alors elle songea que ce jeune homme
allait sans doute perdre son procès.

— N'ai-je pas péché contre le prochain, se
demanda-t-elle, en étant cause que ce plai-
deur sacrifie ses intérêts ? Non, puisqu'il
reste à cause de mon frère... s'il reste !

Soudain elle s'éveilla comme d'un songe ;
elle croyait entendre encore la voix de mistress Crowe qui lui disait :

— Le comte de Sénac vous appartient
corps et âme !

— O mon Dieu ! pria-t-elle avec ardeur,

faites qu'il parte ! S'il est loin demain à cette
heure-ci, je promets d'écrire à ma tante
qu'elle mette à brûler un gros cierge dans la
chapelle du couvent. Que puis-je faire de
plus, Seigneur ?

Assurément, elle ne pouvait rien faire,
sinon de se coucher, d'éteindre sa lampe et
de tâcher de s'endormir en récitant son chapelet. Mais les *Ave* la tenaient éveillée, comme
eût fait l'œuvre la plus palpitante d'un ro-
mancier, et dans les ténèbres de sa chambre,
elle épiait, toute tremblante, des bruits mystérieux.

Le jour, en filtrant par ses rideaux, la
rassura.

— Mistress Crowe n'est qu'une sotte.
Quand je pense qu'elle inspire tant de confiance à ma tante ! *Il* partira : je le vois
faisant sa valise. Mon frère, qui s'y connaît,
dit que son ami Sénac est au-dessus de... certaines faiblesses. Dans tous les cas, s'il osait
me témoigner par un regard qu'il est resté
pour moi, je saurais lui montrer quelle personne je suis — et à qui je suis.

Elle s'habilla, de pied en cap cette fois,

pour être parée à tout événement, et se rendit chez son frère. Là, ce fut une autre antienne :

— Je n'ai pas dormi ; j'ai la fièvre ; mes forces diminuent ; je n'en ai pas pour longtemps. Va ! tu seras bientôt libre ! D'ailleurs, qui te retient ? Regagne ton couvent quand tu voudras. Aussi bien que feras-tu, toute seule avec mistress Crowe, en face d'un cercueil ? Surtout ne t'avise pas de ramener mon corps en France. Qu'on m'enterre n'importe où...

Christian continua sur ce ton funèbre, tant et si bien que Thérèse aurait promis deux cierges pour que Sénac manquât le train, car elle n'avait plus la tête à elle.

Ce fut bien autre chose quand on remit à Quilliane une lettre avec le timbre de *Shepheard's Hotel.*

— Bon ! fit le marquis sans l'ouvrir, ce brave Sénac m'écrit pour me faire ses adieux. Il s'épargne une dernière corvée. Les amis, comme les chiens, fuient l'odeur des malades. Il a raison. A sa place je ferais comme lui. Va ! mon camarade, bon voyage et bon vent ! Profite de ta santé et de ta vie !

Avec une rage envieuse, Christian froissait
l'enveloppe dans ses mains crispées. D'un
geste brusque il la jeta dans le feu, mais le
projectile rencontra un chenet qui le fit
rebondir : Thérèse respira. Une heure de
plus à passer dans cette incertitude l'aurait
rendue malade. Ramassant le papier, elle dit
à son frère :

— Ne sois pas injuste envers M. de Sénac.
C'est toi qui n'as pas voulu qu'il revienne.
Il faut lire sa lettre. Il demande peut-être
une réponse.

— Eh ! lis toi-même, si cela t'amuse, gronda
le marquis.

Thérèse déchira l'enveloppe et, pour la première fois de sa vie, elle sentit sa main
trembler d'impatience au contact d'une lettre
écrite par un étranger. Dès la première ligne,
sa main ne trembla plus, mais une vive rougeur envahit ses joues, tellement que son frère
qui la voyait dans la glace lui demanda :

— Quoi? Qu'est-ce qu'il te dit ? Tu as l'air
de tomber des nues.

Mademoiselle de Quilliane ne tombait pas
des nues, cependant. Faut-il croire que toutes

les femmes naissent plus ou moins comédiennes ? Albert de Sénac écrivait ce qui suit :

« Mon bon vieux, la nuit porte conseil : je laisse filer mon bateau. Réflexion faite, il vaut mieux pour moi ne pas assister à l'audience de la cour. Je me connais : pour peu qu'on m'ennuie — ce qui arrivera certainement — je répondrai des choses désagréables, et je tournerai les juges contre moi. En outre, quoi qu'il arrive, je me dirai : « Suis-je assez bête d'avoir sacrifié l'Égypte ! Je n'y ai rien gagné, ou je n'aurais rien perdu à suivre ma fantaisie. » Donc, j'achève l'hiver ici et, bien entendu, nous nous verrons tous les jours. Pour commencer, je dîne avec toi. J'ai besoin de la journée pour m'installer d'une façon plus confortable. »

— Voilà bien, dit Christian, mon original de Sénac ! Il n'a jamais su la veille ce qu'il ferait le lendemain. Après tout, c'est son affaire, s'il se trouve trop riche. Nous aurons là un agréable compagnon, bien élevé, causeur universel, à peu près toujours de bonne humeur. Et puis, ce qui est une attention de la Providence à ton égard, il ne s'occupera pas

plus de toi que si tu étais un garçon. Tout
de même cet animal aurait bien pu venir déjeuner avec nous.

Quand Thérèse fut seule dans sa chambre,
elle eut ce découragement qu'on éprouve en
face de certains écheveaux emmêlés de la bonne
sorte. Il lui semblait qu'elle ne viendrait
jamais à bout de débrouiller ses idées et, tout
d'abord, elle décida qu'elle remettrait le tout,
tel quel, entre les mains de Dieu qui n'abandonne jamais les siens. Malheureusement,
c'était le jour du courrier qu'elle adressait
chaque semaine à sa tante, un courrier qui
était une confession et qu'elle considérait
comme un devoir d'autant plus sacré qu'elle
ne pouvait guère accomplir d'autre règle.
Assise devant sa table, avec une statue de
saint Bernard à dix pouces de ses yeux, elle
écrivit sur une feuille de papier qui portait le
timbre de l'ordre : « Chère tante et vénérée
mère en Dieu... »

Jusque-là tout allait bien, mais la suite était
moins facile. En quels termes parler d'Albert
de Sénac ? N'en pas parler, c'était une dissi-
mulation indigne d'une âme droite. S'il était

parti le matin, l'affaire marchait toute seule. Une simple rencontre à consigner dans le journal, un portrait en deux traits de plume, et la question était vidée. Mais, à cette heure, que de complications ! Il fallait expliquer qu'il avait dû partir, qu'il n'était point parti et, chose plus grave, qu'il était resté après avoir vu pleurer Thérèse. Pourquoi, au juste, avait-il manqué son bateau ? Par amitié pour le frère, par compassion pour la sœur, ou bien... par le motif que mistress Crowe s'était mis en tête ? Qu'avait-il pour but : soulager un malade ou détourner une âme pieuse de sa voie ? Pour commencer, il n'y avait rien que de correct en lui. Cette absence de toute allusion dans son billet, cette lenteur calculée à revenir dans la maison, rien n'indiquait l'homme qui compte sur une récompense, même seulement sur un merci.

— Je crois, pensa Thérèse, que c'est mon frère qui a raison, que son ami est un simple original, et que rien ne presse de demander pour moi les prières de la communauté.

Un peu plus calme, elle se mit à sa lettre et, jusqu'à l'heure du déjeuner, elle ne quitta point, par la pensée ni par la plume, l'obligeant et généreux Sénac.

— Ce soir, songea-t-elle, je commencerai une neuvaine pour le gain de son procès. En bonne justice, nous lui devons bien cela.

Pendant que mademoiselle de Quilliane écrivait à sa tante, Albert flânait autour de l'Esbékieh, afin de tuer ses heures de solitude, tout en se disant qu'il en avait sept ou huit en perspective. Rien ne serait plus faux que de dire qu'il éprouvait du regret de sa décision, mais, depuis qu'il avait dormi par-dessus, il voyait les choses plus froidement et s'adressait à lui-même des félicitations un peu railleuses pour ce brillant trait de jeunesse. En même temps il se posait cette question :

— Et puis après : qu'est-ce que j'y gagnerai ?

Il ne comptait pas gagner quoi que ce fût à ce coup de tête, mais il ressentait quelque plaisir à l'avoir accompli, de même qu'il était content d'avoir grimpé l'avant-veille au-dessus de Chéops. Il n'y avait rien gagné sauf de pouvoir se dire :

— Tout le monde n'en a pas fait autant.

Bien des actes désintéressés ou hardis sont

en réalité des ascensions morales, n'ayant pas
de récompense plus tangible.

Voilà ce qu'Albert se disait. Vous l'auriez
fait bondir en insinuant qu'il était resté pour
les beaux yeux de Thérèse de Quilliane, et
aussi pour répondre à une sorte de défi qu'elle
lui avait jeté. Cependant il aurait donné gros
pour être caché dans un coin et voir le visage
de la sœur, tandis que le frère lisait sa lettre.

En vain les *hammars* poussaient leurs ânes
dans les jambes de ce flâneur à l'air ennuyé,
lui proposant des courses intéressantes : les
mosquées, le bazar, la citadelle, les tombeaux
des kalifes. Un seul but, — ceci de vous à
moi, — l'aurait séduit : une visite à certaine
maison de l'avenue de Boulaq, mais il s'était
juré de ne point s'y rendre avant la nuit tombante. Il fallait, d'ailleurs, écrire à l'avocat de
Paris qui l'attendait, sans parler du télégramme à expédier, pour faire débarquer son
domestique et ses bagages à l'escale d'Alexandrie et diriger le tout sur le Caire.

Comme il sortait du bureau télégraphique,
la dépêche envoyée, il avisa l'étalage d'un
photographe et, certaines vues l'ayant inté-

6

ressé, il entra pour feuilleter les albums.
Quelques portraits étaient sur la table, prêts
à être livrés. L'un d'eux qui représentait une
jeune femme européenne, au regard dur, in-
quiétant et magnifique, l'impressionna tellement qu'il parut dès lors avoir oublié tout le
reste. Le praticien questionné raconta que
cette belle personne était venue poser la semaine précédente, elle, une amie et deux messieurs, tous Français ; qu'ils n'avaient pas
donné leur adresse, annonçant l'intention de
venir eux-mêmes prendre les photographies.
Ils ne semblaient nullement pressés et, selon
toute apparence, ils étaient établis au Caire
pour un long séjour.

Sénac, sans en demander plus long, sortit
de la boutique et tira sa montre, pour voir
s'il était encore temps de se faire conduire à
la gare, au train qui pouvait joindre son paquebot. Il n'était plus temps, ce qui lui ôta
l'embarras considérable. de choisir entre ces
deux maux : ou manquer de parole à Thérèse
de Quilliane, ou rester dans une ville embellie
par la présence de l'original du portrait qu'il
venait de voir. Il faut dire que la dame n'était

autre que Clotilde de Chauxneuve, devenue,
par son mariage, madame Questembert, après
avoir promis d'être comtesse de Sénac.

Albert l'avait connue dans un coin perdu
de la province, qu'elle n'avait guère quittée,
et comme il s'était juré de n'épouser jamais
une Parisienne, il avait livré son cœur, autant qu'il l'avait laissé prendre, à cette jeune
fille très belle, très simple en apparence, et
dont la maigre fortune était, aux yeux d'Albert, une garantie de plus qu'il se l'attache-
rait par tous les liens, même par ceux de la
gratitude. Lui-même, alors, n'était pas fort
riche, mais on pouvait, à tout prendre, le
considérer pour Clotilde comme un parti
presque inespéré. Ce roman, qu'il cacha dans
le secret de son cœur, fut délicieux. Il dura
longtemps, et les amis de Sénac se deman-
daient quelle raison mystérieuse l'éloignait
de Paris pendant des mois entiers. Enfin,
comme Clotilde et lui venaient d'échanger
leurs paroles, un millionnaire parisien du nom
de Questembert eut l'idée de s'établir dans
un château voisin de la modeste habitation des Chauxneuve. Il avait un fils, des-

tiné, disait-on, à une opulence princière... Un
jour, avec un calme superbe, la jeune fille
redemanda au malheureux Sénac la parole
donnée et, peu de temps après, René Questembert partait avec elle pour leur voyage
de noces.

Telle fut la trahison qui déflora la jeunesse
d'Albert de Sénac, mais il était de ceux qui
cachent leur chagrin comme une honte. Ses
amis les plus intimes purent deviner le gros
de l'histoire; il ne laissa échapper aucun nom.
D'ailleurs le sort parut se charger de sa ven-
geance. Il perdit un frère unique, héritier
lui-même d'un oncle puissamment riche, et
il se vit, par là, maître d'une grosse fortune. En même temps le beau-père de Clotilde, ruiné par le krach, se faisait sauter la
cervelle sous une charmille de son nouveau
domaine.

Hélas! tout cela ne pouvait détruire l'o-
dieux passé, dont le souvenir, depuis deux
ans, poursuivait Sénac sous toutes les latitudes du globe.

En quittant le photographe de l'Esbékieh,
il regagna l'hôtel pour se remettre du choc,

et, à voir son trouble quand il traversa le
vestibule encombré en cette saison d'hiver-
nage, on l'aurait pris pour un malfaiteur en
fuite redoutant la rencontre des visages connus. Dieu merci! l'infidèle Clotilde n'était pas
là ; plus encore, son nom ne figurait pas sur
les listes de l'hôtel. Mais une rencontre avec
elle ne pouvait tarder dans un lieu comme
le Caire, où chacun vit dans la rue, et Sénac
envisageait avec une sorte de peur lâche la
possibilité de cet incident. Il se demandait :

— Que vient-elle faire ici? Est-elle malade? On disait son mari ruiné! Pourquoi le
hasard la remet-il sur ma route? Quel parti
prendre? Comment partir, ayant promis de
rester? Comment rester, avec la crainte per-
pétuelle de la heurter au coin d'une rue?
O honte! elle croirait que je la cherche!

Il réfléchit longtemps et, comme il avait
l'esprit rompu aux péripéties de l'existence,
il trouva une solution, d'autant meilleure à
ses yeux, qu'elle devait tourner au profit de
Quilliane. Un quart d'heure plus tard, il entrait dans le fumoir de ce dernier qui lui fit
une fête véritable. Ils causèrent assez long-

temps, alignant des chiffres, déployant des cartes, étudiant des livres de voyage. L'entretien fini, Christian se rendit seul auprès de sa sœur qu'il devait consulter avant de dire le dernier mot.

— Je viens te faire une proposition, commença-t-il. Que penserais-tu d'un voyage à Louqsor?

— A Louqsor? fit-elle, surprise. Voilà qui est nouveau; tu n'en avais jamais parlé. C'est une grosse affaire, il me semble.

— Oui, mais si quelque chose peut me remettre à flot, c'est un séjour de deux mois dans le Sud. Le voyage du Haut-Nil a sauvé bien des pauvres diables de mon espèce; seul avec toi, je n'y pouvais songer, tandis que, Sénac étant là...

— Eh bien, mon ami, partons pour Louqsor. Je t'appartiens, tu le sais. Pour te faire du bien, j'irais au bout du monde.

— Merci, *petiote*, dit-il en embrassant Thérèse au front. Je connais ton dévouement pour moi. Seulement, dans l'occasion, il s'agit... d'un voyage un peu spécial. Nous irions là-bas en bateau, sur un bateau à nous, avec tout un attirail : cuisinier, domestiques, drogman...

— Bon! J'ai fait des économies, depuis deux ans, du moins je le présume Nous pouvons nous permettre une folie, si elle t'amuse.

— Oui, mais il y a Sénac. Nous devrions, naturellement, le prendre avec nous. Donc j'ai besoin d'avoir ton avis, car, si confortable que soit notre *dahabieh*, nous y serons un peu les uns sur les autres, à peu près comme dans un paquebot. Enfin, décide. Si tu dis non, Albert se mettra seul en route, mais par des voies plus rapides et pour une simple excursion.

— M. de Sénac partirait sans nous?

— Certainement. Crois-tu qu'un voyageur de sa trempe s'arrête en Égypte pour le plaisir de se promener dans les rues du Caire?

Mademoiselle de Quilliane resta d'abord toute surprise, car elle ne comprenait plus rien aux arrangements d'Albert. Puis elle rougit un peu, en songeant au trouble et aux scrupules qui l'avaient tenue éveillée la nuit précédente.

Ni romanesque ni dévoué, mais seulement original et curieux, ce jeune homme! S'il s'était agit d'elle seulement, la réponse eût été bientôt faite, ne fût-ce que pour montrer à mistress Crowe ce que valait son diagnostic. Mais ce voyage, après tout, pouvait sinon guérir Christian, du moins prolonger son existence. Comment avoir même la pensée de l'empêcher par un refus? Quelle responsabilité, dans tous les cas! Quels remords, peut-être!

—. Ma réponse est connue d'avance, dit Thérèse. Tu n'avais pas besoin de me consulter. Je ne crains pas la fatigue. Reste la convenance de la vie en commun. Sur ce point, comme chef de famille, le jugement t'appartient.

— Oh! quant à cela... je connais Albert. Ce n'est pas lui qui abusera des circonstances et qui troublera la paix de ton âme. Il m'attend. Je vais lui dire qu'il peut se mettre en campagne. Sitôt la *cange* trouvée, nous partons.

Un quart d'heure après, Sénac galopait sur son âne dans la direction du vieux Caire, à la

recherche d'une *dahabieh* vaste et confortable.
Tout en louvoyant à travers les attelages de
bœufs et les chameaux chargés de paille, il
surveillait la route avec le soin d'un éclaireur
qui s'aventure en pays suspect, mais il ne
découvrit aucune ombrelle inquiétante. Quand
il arriva pour dîner, le soir, chez les Quilliane, il salua Thérèse comme s'il ne se fût
passé rien que d'ordinaire entre eux, depuis
la veille à la même heure, et, sans transition,
il rendit compte de ses démarches.

— Nous avons, dit-il, une *dahabieh* grande
comme une frégate. Les Anglais nous l'ont
laissée parce qu'elle cale trop pour monter
au delà de Thèbes. L'équipage est arrêté ; le
drogman choisi. Mais il faut deux jours pour
compléter les préparatifs, et, pendant ce temps-
là, vous ne me verrez guère.

On ne parla, durant toute la soirée, que
de la prochaine expédition. Le marquis semblait n'avoir jamais toussé de sa vie, et mistress Crowe paya les frais de sa bonne
humeur. On n'était pas sorti de table que la
pauvre femme devenait folle d'épouvante aux
peintures, tracées par Christian, des périls de

la route : révolte des matelots et égorgement
des passagers ; combat naval avec les croco-
diles ; abordage à soutenir contre les rhino-
céros ; tentatives armées des princes riverains
en appétit d'esclaves blanches pour leur
sérail, sans compter l'intimité la plus étroite
avec les scorpions et les serpents. Albert
donnait la réplique avec un sérieux parfait,
et mademoiselle de Quilliane riait comme elle
n'avait pas ri depuis des années. Quand elle
rentra dans sa chambre, le voyage projeté
ne lui causait plus aucun trouble quelconque,
et même, si quelqu'un était venu lui dire qu'il
fallait y renoncer, elle eût été fort désap-
pointée.

# VI

Le troisième jour au matin la *Nephthys* fut prête à partir.

C'était, comme toutes les *dahabiehs* du Nil, une barque pointue de la proue et légère de l'avant, élargie à l'arrière, basse sur l'eau comme un chaland, toute blanche avec des rechampis de couleur bleue très crue. Longue de quatre-vingts pieds, elle portait, presque à l'extrémité antérieure, le mât principal, peu élevé, surmonté de l'arc immense, démesuré, de l'antenne de bambou dépassant aux deux extrémités la longueur de la cange. Un autre

mât plus petit flanquait l'arrière et, quand les
deux voiles étaient déployées, le tout prenait
au loin l'apparence de légèreté fantastique de
ces grands oiseaux de mer dont les ailes
semblent composer tout le corps. Mais, vu de
plus près, l'albatros finissait en tortue. Sur
la poupe, à demi caché sous la voilure, un
édifice aux formes carrées et massives reposait
lourdement, percé d'une rangée de fenêtres,
surmonté d'une terrasse formant belvédère, et
protégé par une tente.

On entrait dans ce palais de bois par une
porte à deux battants regardant la proue, flan-
quée à droite et à gauche d'un escalier montant sur la terrasse. A l'intérieur, un corridor
sur lequel s'ouvraient des chambres conduisait
au salon salle à manger, occupant la largeur
entière, d'un bord à l'autre. Au delà, tout à
l'arrière, un appartement complètement séparé
tenait lieu de harem dans le cas assez rare où
le bateau transportait une famille musulmane,
Un second escalier, partant de ce gynécée
donnait un accès direct sur la dunette qui servait aussi de poste à l'homme de la barre.
L'équipage composé d'une douzaine de mari-

niers sous les ordres du reïs, campait à la belle étoile dans la partie antérieure. Enfin un léger canot suivait à la traîne, en cas d'accident et pour les débarquements dans les eaux basses.

La *Nephthys* emmenait, comme passagers auxiliaires, un domestique, une femme de chambre, un cuisinier et le drogman. Sénac, remplissant les fonctions d'armateur, avait procédé au renouvellement des tentures et de la plupart des meubles. Quant au linge, à la vaisselle et aux ustensiles divers, ils provenaient de la maison des Quilliane. Il faut avoir navigué sur le Nil dans ces conditions pour connaître l'idéal de la locomotion confortable. Mais, si la musique est le plus cher des bruits, le voyage en *dahabieh* est le plus cher de tous les voyages.

Thérèse de Quilliane, si réservée qu'elle fût, poussa des cris d'admiration en mettant le pied sur la *Nephthys* et en pénétrant dans l'habitation flottante qui la recevait pour plus de deux mois. De fait un chambellan amoureux n'aurait pas mis plus de soin à l'installation de sa reine, à ce point que la future religieuse

7

en prit quelque ombrage. Au salon, quand
elle y entra,. des jardiniers achevaient de disposer un massif de fleurs qu'on eût payé
cinquante louis sur le boulevard. Thérèse eut un
frémissement de narines qui témoignait qu'elle
n'était pas insensible à ce parfum. Néanmoins
elle dit, en regardant Sénac, pour qu'il sût à
quoi s'en tenir :

— Monsieur je vous rends grâces d'avoir si
bien fleuri la maison, mais, avec moi, des
luxes de ce genre sont inutiles, pour ne pas
dire plus. Il me semblait, d'ailleurs, que vous
le saviez.

. Albert répondit avec beaucoup de sang-froid :

— Mademoiselle, on voit que vous ignorez
les coutumes du pays. Quand une *dahabieh*
met à la voile, on croit conjurer les vents con-
traires pendant tout le voyage en apportant
force bouquets à bord. Donc, c'est le reïs qu'il
fallait remercier. Mais, si les roses vous donnent la migraine...

Il n'attendait qu'un signe pour jeter à l'eau
toute la cargaison. Thérèse feignit d'être occu-
pée d'autre chose et il ne fut plus question des
fleurs. Seulement, cinq minutes après, elle

aperçut de loin Sénac mettant quelque argent
dans la main des jardiniers.

— Voilà, songea-t-elle, un insigne menteur.
Quel vilain péché ! On ne doit pas mentir,
même par crainte de la mort. Que craint-il
donc, lui ?

La *Nephthys* déborda par un vent frais qui
soufflait du nord et faisait filer rapidement la
cange au milieu du grand fleuve. Quand la
colline jaunâtre du Moqattam eut disparu derrière les palmiers d'Hélouan, Albert poussa un
soupir de soulagement. Désormais, il se sentait à l'abri de toute rencontre avec Clotilde.

Le premier jour de navigation fut employé
par les voyageurs à s'installer. Thérèse et
mistress Crowe ne sortirent guère de leur appartement, déjà baptisé par le marquis du
nom de « harem », ce qui ne laissait pas que
de froisser considérablement l'Irlandaise. Mademoiselle de Quilliane avait décidé qu'elle
mènerait à bord une existence de recluse et
qu'elle ôterait à Sénac toute occasion de dé-
ployer sa galanterie. Mais elle eut bientôt lieu
d'être rassurée sur la gêne qui pouvait résul-
ter de la vie commune avec lui. En dehors des

repas, elle l'apercevait à peu près aussi souvent
qu'une passagère de première classe aperçoit
les chauffeurs d'un paquebot. Lorsqu'elle montait sur la terrasse par l'escalier du « harem »,
elle voyait souvent le dos du jeune homme
qui disparaissait par l'autre degré. Jamais elle
ne le trouvait au salon quand elle y venait
pour jouer du piano ou terminer une esquisse
prise au passage.

Lui-même, d'ailleurs, semblait chercher
toutes les occasions de s'éloigner du bateau.
Quand la *Nephthys* mouillait devant quelque
village pour permettre au cuisinier d'aller à
l'emplette du lait, de la volaille ou des œufs,
Albert était le premier dans le canot, son
fusil à la main. Il tirait la caille, la per-
drix, voire le petit héron, *garde-bœufs*, oiseau sacré pour les fellahs très scandalisés
de ces meurtres sacrilèges. Mais il semblait
n'avoir que la fusillade en tête, à moins que
l'escale n'eût lieu devant quelque ruine intéressante ou en face de ces grottes sépulcrales
fréquemment percées dans les murailles ro-
cheuses qui encaissent le haut Nil. Dans ces
occasions, Albert, laissant l'attirail du chas-

seur dans sa cabine, prenait avec lui son album
et, le soir, autour de la table, il faisait passer
les esquisses à la ronde. Souvent elles étaient
inachevées. Le marquis lui dit un jour :

— Pourquoi n'es tu pas resté une demi-
heure de plus?

— Ce serait de l'égoïsme, répondit Albert.
Tu ne dois pas quitter le bord à cause de la
fatigue. Je me ferais scrupule de retarder notre
arrivée à Louqsor où tu seras moins astreint
aux précautions.

Quand il fut seul avec sa sœur, Quilliane
lui dit :

— S'il s'était agi de tout autre que de toi,
j'aurais prié Sénac de t'emmener quelquefois
à terre avec mistress Crowe. Mais j'ai craint
de te déplaire en osant une chose aussi grave.

— Tu as bien fait, répondit Thérèse.

Au fond, elle s'étonnait que la proposition
ne lui eût jamais été soumise par Sénac, quitte
à être repoussée. De moins en moins elle comprenait ce qui pouvait se passer dans l'esprit
de cet homme bizarre.

On n'était pas à Syout, que ce voyage du
Nil, dont elle s'était fait une fête, sans se l'a-

vouer, lui semblait une sorte de mystification
décevante. Il est vrai qu'elle avait le bonheur
d'assister, jour par jour, à la résurrection de
son frère dont chaque degré parcouru vers le
Sud paraissait ranimer les forces. Mais elle
n'avait pas le droit de s'attribuer une part
dans ce résultat. Sénac en avait tout le mérite;
sans lui, jamais son ami n'eût quitté le Caire.

En outre, Quilliane se montrait disposé à
jouir pour lui-même plus que pour les autres
de ce retour à la santé. Quand il pouvait an-
noncer le matin qu'il avait bien dormi, ou
quand on lui faisait remarquer son appétit re-
naissant, il était facile de voir qu'il se souciait
fort peu des momies de chiens de Cynopolis,
des fresques de Beni-Hassan et des ruines ro-
maines d'Antinoë. Même la vocation de sa
sœur paraissait avoir quitté sa pensée. Il n'y
faisait plus la moindre allusion, et sa bonne
humeur ne dépendait, pour le moment, que
de la vitesse de la *Nephthys*. Quand le vent
contraire obligeait à s'amarrer près de la rive,
il demeurait nerveux et consultait le baromètre
avec l'impatience d'un capitaine dont la fortune dépend de la prompte arrivée de la car-

gaison. Par le calme, lorsque, les grandes
voiles retombant inertes, les Nubiens poussaient la cange en appuyant sur leur poitrine
de bronze la longue pique enfoncée dans la
vase, Quilliane ne quittait pas la dunette,
montrant aux matelots des poignées de paras
pour les encourager. Parfois même, entraîné
malgré lui, il joignait sa voix à leurs chants
rythmés où le nom d'*Allah* revenait toujours,
et l'âme fervente de Thérèse était froissée de ce
commencement d'apostasie.

Enfin elle éprouvait contre Albert une irritation vague. Toutefois, elle n'aurait pu trouver
d'autre grief à son endroit que ce nuage dont
il enveloppait sa pensée. Incapable de décider
s'il avait droit à son amitié ou s'il méritait sa
défiance, elle était forcée, malgré tout, de songer à lui. Elle commençait à trouver ce voyage
monotone. Aucun incident ne le variait pour
elle, sauf, parfois, un échouage peu dangereux
sur quelque banc de sable ignoré du pilote.
Les escales redoublaient son ennui. Au fond,
elle était humiliée de ne pouvoir quitter, elle
aussi, les planches de la *Nephthys*. Mais mistress Crowe remarquait, sans le laisser voir,

que l'agitation de Thérèse prenait fin dès que
Sénac avait rejoint le bord. Ce n'était pas
qu'elle profitât davantage de sa présence, mais
elle le savait près d'elle, à l'abri de tout danger inconnu, et il semblait que cette idée la
rendît plus tranquille.

On dépassait parfois d'autres *dahabiehs* navi-
guant sous pavillon anglais, américain quelquefois. Jamais on n'apercevait les couleurs
françaises. Un soir, la nuit tombée, un yacht
gagna la cange de vitesse, mais il fut impossible de reconnaître sa nationalité. De temps
en temps on croisait d'immenses radeaux,
formés de cruches de Keneh liées l'une à
l'autre, le col en haut, flottant au fil de
l'eau, sous la conduite de pauvres diables
constamment occupés à vider l'eau lentement
absorbée par la terre poreuse. D'autres fois,
c'était une grande barque transportant au
delà du fleuve une famille de fellahs. Pêle-
mêle on voyait les femmes au menton tatoué
accroupies dans leur robe bleue, les enfants
nus au ventre énorme, les ânes, les chameaux,
les buffles, grouillant dans l'embarcation que
poussaient les rameurs avec l'éternel *Elessah!*

chanté en mesure. Et, de jour en jour, la
chaleur augmentait, atteignant déjà celle d'un
été de France.

Aussi le plus grand plaisir de Thérèse était
de monter sur la terrasse, avant d'aller dormir,
et de regarder le grand fleuve à la clarté
blonde de la nuit sans voiles. Sur le pont, au
pied du mât, le cercle des matelots écoutait
une chanson du désert ou exécutait les danses
nubiennes, rythmées par l'orchestre primitif
de la flûte à deux tuyaux et de la *derboukah*
de terre cuite. Parfois une strophe plus amoureuse ou une gambade plus désordonnée
faisait rire de contentement le pilote appuyé
sur la barre, à quelques pieds de la jeune
fille, et la vue de ces dents blanches étincelant
tout à coup lui donnait un léger frisson. Mais
elle n'avait qu'à s'avancer au bord de la
dunette pour apercevoir un personnage immobile et muet, assis sur la première marche de
l'escalier, son chibouk aux lèvres, veillant. Il
semblait ne pas s'apercevoir de la présence de
Thérèse accoudée sur la balustrade, au-dessus
de lui, mais, tout le temps qu'elle était là, le
tuyau de jasmin n'approchait pas des lèvres

7

du fumeur. Un soir que la danse et la musique
dépassaient le diapason ordinaire, mademoiselle de Quilliane, un peu inquiète, ne put
s'empêcher de dire à ce compagnon peu gênant :

— Ces nègres me font peur ; ils semblent
possédés du démon. Jamais je n'oserai dormir.

Il se leva, se tourna vers celle qui parlait
et contempla pendant quelques secondes l'élégante silhouette blanche éclairée par la lune
qui argentait le nimbe des cheveux. Puis il
répondit en s'inclinant, tête nue :

— Mademoiselle, vous pouvez dormir, foi
de Sénac ! Au besoin je jouerais le rôle de
saint Michel à l'égard de ces braves gens.

— Il vous manque deux choses qu'il avait,
dit-elle en souriant, déjà rassurée : une lance
et des ailes.

— Ange ou homme, fit-il, je réponds de
votre vie, et la mienne la garantit. Reposez
sans crainte.

Elle regagna, un peu pensive, l'escalier du
« harem », et, tandis qu'à genoux elle re-
mettait son âme à la volonté de Dieu, elle
songeait, distraite, qu'il était doux de sentir
son sommeil gardé par le bras fidèle d'un être

humain, dévoué et fort comme celui qui veillait sur son repos.

Sénac resta en faction au pied de la terrasse tant que les Nubiens ne furent pas endormis sur les nattes qui garnissaient le pont. Il regardait l'azur du ciel et, sans qu'il pût dire pourquoi, ces vers de l'Arioste, qu'il avait appris autrefois, vinrent chasser le souvenir obsédant qui fatiguait sa pensée :

« Les femmes fidèles, chastes, les femmes sages et courageuses, ce n'est pas seulement dans la Grèce et dans la vieille Rome qu'on en a vu : il y en a encore... »

Ensemble, depuis que la *Nephthys* les portait, Albert et Thérèse avaient traversé bien des scènes curieuses, contemplé bien des spectacles imposants. Mais le lendemain, quand ils se retrouvèrent, et souvent dans la suite, ils revirent cet instant très court, la *dahabieh* toute noire de l'ombre de ses voiles, les contorsions des Nubiens accompagnées de cris sans nom, et, sur l'arrière baigné d'une clarté pure, le traité d'alliance conclu entre la faiblesse et la force, entre la confiance et le dévouement.

Deux jours plus tard, ou arrivait devant

Kèneli. Bien qu'on fût seulement à vingt lieues
de Louqsor et que la brise soufflât de l'arrière,
Quilliane fit amener les immenses voiles de la
cange et décida que tout le monde débar-
querait. Bientôt les quatre passagers mirent le
pied sur la rive.

Thérèse se promettait un grand plaisir à se
promener dans cette ville charmante et pittoresque, en compagnie de son frère et de Sénac.
Mais le marquis en avait disposé autrement.
Les femmes furent laissées au bazar, sous la
garde du drogman, et les deux amis s'éclip-
sèrent par la tangente, avec des allures mysté-
rieuses. Ils revinrent au bout d'une heure, et
l'on remit à la voile presque aussitôt. Quilliane
semblait ravi de son expédition. Le soir, au
dessert, il raconta que Sénac et lui étaient allés
chez les almées, et, comme il voyait le front
de sa sœur se couvrir d'un nuage, il ajouta :

— C'est un spectacle comme un autre, que
tout le monde se donne en passant à Keneh.
Quant à moi, je ne pourrai plus supporter à
l'avenir les danseuses de l'Opéra et leur accou-
trement grotesque. Allons ! Albert, montre
ton album à ces dames.

Le dessinateur ordinaire de l'excursion mettait. l'esquisse demandée sous les yeux de
mademoiselle de Quilliane. Doucement elle
repoussa la page suspecte.

— Je ne suis plus destinée à voir les ballets
européens, dit-elle doucement. La chorégraphie
arabe ne m'intéresse pas davantage; et je m'en
défie encore plus.

Quilliane haussa les épaules pour toute
réponse, et l'album contaminé se referma immédiatement. Le lendemain matin, il se
trouvait ouvert sur la table du salon quand
Thérèse quitta sa chambre. Elle y jeta malgré
elle un regard et vit qu'une feuille était
déchirée. A la place des *ghdwazi*, Albert avait
dessiné le tillac de la *Nephthys* et une jeune
femme appuyée sur la balustrade, laissant
flotter devant elle ses yeux mélancoliques et
résolus.

Au bas, l'artiste avait écrit :

SALVE, REGINA !

## VII

Le lendemain de bonne heure, en montant
sur la terrasse de la *dahabieh*, mademoiselle
de Quilliane aperçut devant elle, sur la
droite, une montagne trouée, comme par le
travail d'insectes géants, d'innombrables ca-
vernes funéraires qui la couvraient de points
sombres. Bientôt la vue d'une forme humaine,
d'une hauteur faite pour confondre les sens,
vint la frapper de stupeur. Assis dans son
éternelle majesté, tout rose des rayons du
soleil encore très bas sur l'autre rive, dres-
sant au niveau du toit d'un palais sa tête

mitrée, dominant de dix coudées son frère
décapité, le colosse de Memnon semblait
attendre l'hommage du roi du jour à peine
sorti de l'amoncellement énorme de Karnak.
Auprès de ce géant vieux de quarante siècles
et toujours jeune, dont le giron servirait de
place publique aux nains qui composent
l'humanité vivante, l'être se sent défaillir
dans son éphémère petitesse. Thérèse, tremblante d'admiration, restait immobile sur la
dernière marche de l'escalier, mais, tout à
coup, elle éprouva le désir de n'être pas
seule à jouir de ce spectacle unique au monde,
et, d'un pas rapide, elle s'avança vers la balustrade pour voir si Albert n'était pas là.

Elle l'aperçut à ses pieds, accoudé au bordage de la cange, perdu, lui aussi, dans sa
rêverie. Déjà, oubliant sa réserve ordinaire,
elle ouvrait la bouche pour l'appeler, mais,
d'un mouvement brusque, il se releva et
tourna la tête vers sa belle compagne, comme
si quelque attouchement magnétique l'eût
averti de sa présence. Leurs yeux se rencon-
trèrent ; — tous deux avaient les paupières
humides.

Elle dit, la première, étendant vers l'horizon sa main aux lignes pures :

— Mon Dieu, que c'est beau !

Il répondit, sans détourner son regard du visage transfiguré qu'il avait au-dessus de lui :

— J'ai parcouru le monde et je n'ai jamais rien vu d'égal. Jamais je n'oublierai l'heure présente qui fait vibrer nos âmes à l'unisson.

Les joues mates de mademoiselle de Quilliane devinrent toutes roses, à croire que la teinte de l'aurore les avait touchées, et cependant elle tournait le dos à l'orient. De nouveau son doigt désigna le colosse, comme pour obliger Sénac à détourner vers la silhouette énorme ses yeux obstinés. En même temps elle disait :

— J'ai lu que les premiers rayons du soleil donnent une voix à ce corps de pierre. Écoutons. Il me semble qu'il va parler. N'entendez-vous rien ?

Sénac regardait toujours l'image vivante de beauté et de jeunesse qu'il avait devant lui. Dans le silence profond du matin, que troublait à peine le murmure de l'eau sacrée fuyant le long du bord de la *Nephthys*, il répondit très bas :

— Oh ! si, j'entends une voix, un écho mystérieux que je ne croyais jamais devoir entendre. Voulez-vous savoir ce qu'il me dit, quelle langue il emploie, quels rayons l'ont éveillé ?

Thérèse regarda pendant une seconde celui qui parlait avec une voix étrangement émouvante, bien qu'on l'entendît à peine. L'étonnement, la crainte, mille sentiments difficiles à définir se peignaient sur les traits bouleversés de la jeune fille comme si, en effet, le colosse lui eût répondu de son trône de granit, là-bas dans la plaine. Soudain, elle passa la main sur son front et, remuant doucement la tête, pour un refus sans espoir :

— Que m'importent les voix d'ici-bas ? fit-elle. Je n'en connais qu'une seule, qui m'a parlé depuis longtemps. Je sais d'où elle vient, je sais ce qu'elle me commande ; à cette heure même, je l'entends. En vain je remonterais ce fleuve jusqu'à ses sources. J'entendrais encore celui qui me veut toute. Mon Dieu ! quand me sera-t-il donné d'obéir ?

A ces mots, elle s'éloigna rapidement dans
la direction de l'arrière, et Sénac ne la revit
plus jusqu'au moment où la cange fut amar-
rée devant Louqsor. Pour lui, tel que Thérèse l'avait quitté, ainsi resta-t-il sans mouvement, sans parole, presque sans pensée, ne
voulant pas d'ailleurs sortir du rêve engourdi
qui pesait sur ses membres. Bientôt, la *dahabieh* s'engagea dans un chenal étroit entre
deux îles, le colosse disparut derrière la rive :
la *Nephthys* allait mouiller. A cet instant, Quilliane sortit de sa chambre, ses jumelles à la
main, tout transporté. Albert crut que son
ami voulait lui faire part de son enthousiasme
à la vue de ces merveilles.

— Viens, viens, dit le marquis en entraî-
nant son compagnon sur la dunette. Regarde...
là-bas... ce yacht...

— Eh bien ? demanda Sénac, sans rien
comprendre à cette joie.

— Tu ne vois pas le pavillon... bleu, blanc,
rouge ? Quel bonheur ! nous allons trouver
des compatriotes !

— Tiens, fit Sénac en haussant les épaules,
tu es par trop Français ! Vous autres, fana-

tiques du sol national, si vous faites l'effort
énorme de sortir de votre trou, une seule
pensée, un seul désir vous occupe : rencontrer
un monsieur qui ait lu le *Figaro* le matin et
connaisse quelqu'un que vous connaissez,
fût-ce votre tailleur !...

Tout à coup, il interrompit sa véhémente
sortie ; il se souvenait de la photographie découverte au Caire, sans laquelle, probablement, ni lui ni ses amis n'auraient songé au
voyage dont ils touchaient le but. Et un dé-
tail qui, alors, ne l'avait point frappé, lui
revenait à la mémoire : sur le portrait qu'il
avait tenu dans ses mains, Clotilde Questembert portait un costume de *yachtwoman*,
la vareuse de drap aux boutons de métal, la
flamme du *Yacht-Club* en épingle de cravate,
la casquette à la légère torsade d'or.

— Je ne saurais en douter, songea-t-il, c'est
elle qui est là. Mais son mari a donc refait
sa fortune? O destinée, que me veux-tu?

La *Nephthys*, toutes voiles amenées, filait sur
son erre pour prendre son amarrage. Ils passèrent à vingt mètres du yacht, finement cons-
truit, superbement installé et tout neuf. Au

bordage d'arrière les lettres d'or de son nom
brillaient sur l'acajou sombre : *la Topaze;* et,
sous l'abri de la tente du pont, deux femmes
étendues sur des chaises longues de rotin causaient en jouant de l'éventail. Les pavillons se
saluèrent; Quilliane leva son chapeau et reçut
deux jolies inclinations de tête, accompagnées
d'un gracieux mouvement de mains gantées de
blanc.

— Très chic, nos compatriotes, dit-il à Sénac. Je me demande qui c'est. Des Rothschild,
peut-être. Mais pourquoi te caches-tu derrière
cette jarre?

— La chaleur est de plomb, répondit Albert.
Un coup de soleil est vite attrapé.

Il était fort rouge, en effet, avec le regard
fiévreux, et la sueur lui coulait du front. Tandis que les matelots manœuvraient pour accos-
ter la berge, il expliquait un peu laborieuse-
ment au marquis les projets qu'il avait formés
— depuis plusieurs jours, disait-il — pour son
compte personnel :

— Tu ne m'en voudras pas si je débarque
et si je vais loger à l'hôtel. Nous sommes ici
pour quelque temps et je gênerais ta sœur. De

mon côté, je prise fort l'indépendance et je
veux chasser, dessiner, étudier tout à mon aise.

— Eh bien, qui t'en empêche ?

— Personne, assurément. Mais ce qu'on
nomme les ruines de Thèbes occupe un empla-
cement de plusieurs lieues sur les deux rives
du Nil. Je veux être libre de manger où je me
trouve et de camper dans le fond d'une ruine,
si le cœur m'en dit, sans risquer que l'on
m'attende sur la *Nephthys*. Tu comprends ?

— Je comprends que tu n'es plus fait pour
la vie civilisée. Va ! fais le sauvage à ton gré.
Chacun son goût. Moi je vais perfectionner ma
toilette, et me rendre chez le consul, afin qu'il
me présente aux deux belles personnes que
nous venons de voir. Tiens, pour être franc,
le seul aspect de deux femmes de notre pays
et de notre monde m'a tout ragaillardi.

— Tant mieux ! Charge-toi de mes respects
pour mademoiselle de Quilliane que je ne veux
pas déranger.

Et les deux amis gagnèrent chacun leur
chambre, l'un pour se préparer à voir Clotilde
Questembert, l'autre pour la fuir tant qu'il
pourrait.

Le marquis resta débarqué plusieurs heures.
Thérèse, étonnée de l'abandon où son frère la
laissait, avait envoyé mistress Crowe à la découverte. Kathleen revint bientôt, rapportant que
Quilliane était allé présenter ses devoirs au
consul, tandis que deux matelots transportaient
à l'hôtel une partie des bagages de Sénac, notamment ses armes, ses livres et son attirail
de dessinateur.

Au premier abord, la jeune fille fut très
soulagée d'apprendre qu'elle n'allait pas revoir Albert immédiatement. Elle commençait
à peine à revenir de l'étonnement où l'avait
jetée la déclaration qu'elle avait interrompue,
car, cette fois, il n'était pas besoin que mistress Crowe l'aidât de ses lumières. Sénac avait
trop bien débuté pour ne pas aller jusqu'au
bout si on lui en avait laissé le temps. Quel
homme extraordinaire ! Juste au moment où
on ne se défiait plus de lui !...

Toutefois, si mademoiselle de Quilliane était
troublée, ce n'était ni par le déplaisir, car
Albert n'était pas sorti des bornes du plus
profond respect, ni par un désarroi de pension-
naire, car, si peu qu'elle eût vu le monde, elle

n'était pas arrivée à son âge, avec tant de
beauté, sans entendre quelques antiennes du
même genre. Elle avait pensé avec l'exaltation
du sacrifice prochain : « Sur l'autel, en même
temps que les autres dépouilles du monde, je
porterai ce cœur, s'il s'est donné à moi ! »

Ainsi Albert prenait, bien malgré lui, le
rôle ingrat du chevreau sans tache emporté sur
la montagne pour servir d'holocauste. Mais,
quand elle eut réfléchi davantage à l'éloignement subit de l'ami de son frère, Thérèse se
demanda si, de son côté, elle n'avait pas outré
la note et si le jeune homme ne se croyait pas
tenu, par la délicatesse, à disparaître au moins
pour un temps.

Ce qu'elle entendit de la bouche de Christian, lorsqu'il revint de son exploration, la
confirma dans l'opinion affirmative. Mais le
marquis ne s'étendit pas longtemps sur un sujet relégué par lui au second plan. Il arrivait
de la *Topaze*. Quel bateau merveilleux ! On
l'avait présenté, lui, Quilliane, à la femme du
propriétaire, le fameux Lassavielle, le fils du
grand fabricant de caoutchouc, et à l'amie de
madame Lassavielle, une brune étrange. Quelles

femmes! drôles, spirituelles, mises à ravir et s'ennuyant à la mort. Les maris n'étaient pas présents, mais, pour faire connaissance, la *Topaze* attendait la *Nephthys* à dîner le soir même.

— Allons, ma chère, habille-toi. Je suis sûr qu'on mange divinement chez ces gaillards-là. Moi, je meurs déjà de faim.

Mademoiselle de Quilliane s'excusa doucement. Elle avait toujours éprouvé peu de goût pour ces liaisons qu'on pourrait nommer galopantes, comme certaines phtisies, et, depuis qu'elle avait dit adieu au monde en pensée, l'attrait des nouvelles connaissances n'avait pas augmenté pour elle.

— Très bien, dit le marquis. Tu sais quelle est ma devise : « Indépendance » !

Et voilà comment le frère dîna sur le yacht, en habit noir et en cravate blanche, entre deux femmes décolletées ou à peu près, tandis que la sœur s'asseyait à table, seule avec mistress Crowe, un peu mélancolique de cet isolement peu attendu, vaguement étourdie par tout ce qui lui était arrivé durant cette journée.

Pendant ce temps-là, Sénac fumait, étendu sur le sable en haut de la berge, peu inclinée,

à l'endroit ou finit le village de Louqsor, mélange disparate et enchevêtré de ruines vieilles
comme la civilisation du monde, et de masures
de terre, bâties la veille, déjà croulantes. Il
pouvait voir de sa place l'illumination élec-
trique du yacht et l'éclairage presque sombre
de la *dahabieh*. Il se sentait l'âme aussi malade
que dans les plus mauvais jours qu'avait connus sa vie, sans avoir ni la force ni la volonté
d'analyser sa souffrance, indéfinie comme le
malaise d'une maladie qui couve. Il aurait
aimé fuir au loin, dans la plaine déserte,
mais il savait que mademoiselle de Quilliane
était restée seule sur la *Nephthys* et, fidèle à
sa promesse, il veillait. Ce fut seulement après
avoir vu les fanaux reconduire Christian jusqu'à sa cange qu'il gagna son lit dans l'hôtel
rempli d'Anglais.

Le marquis reposa comme il ne l'avait point
fait depuis longtemps. Sa soirée lui laissait
les souvenirs les plus agréables.

Le lendemain matin, Albert s'en fut à la
poste prendre son courrier. Un seul pli l'attendait, un télégramme de son avocat, renvoyé du

Caire, la veille. Le procès de Sénac était perdu en dernier ressort.

Certes, la nouvelle n'avait rien d'imprévu. Toutefois elle ne laissa point que de l'affecter, et même d'une façon qui l'étonna lui-même. Avec une irritation intérieure, il se disait :

— Pourquoi ne suis-je pas parti? J'aurais gagné mon affaire et je n'aurais pas rencontré deux femmes dont l'une m'a fait beaucoup de mal, tandis que l'autre ne peut me faire aucun bien. Quant à Quilliane, je me demande s'il est vraiment aussi bas qu'on le prétend, et s'il avait besoin de moi.

Le bateau-poste redescendait le lendemain d'Assouân. Au bureau de l'agence Cook, on lui dit que la dernière place était retenue ; en fût-il resté une, il est plus que douteux qu'il l'eût prise. Il languissait dans cet état physique et moral où un homme serait incapable d'émettre un vœu, si un ange descendu de la voûte céleste lui apportait le pouvoir de disposer, pour vingt-quatre heures, les événements à son gré. Probablement, dans cette hypothèse, il aurait demandé à devenir une autre personne, car il ressemblait à ces locataires qui veulent

déménager à tout prix, ayant conçu tout à
coup une répulsion furieuse pour un appartement mal avoisiné.

Privé de l'avantage réservé aux serpents de
pouvoir changer de peau, il éprouvait le malaise qui accompagne pour eux l'approche de
ce phénomène. Son équilibre nerveux, si complet d'ordinaire, était détruit. La pensée qu'il
pouvait rencontrer Clotilde Questembert le mettait hors de lui et, comme il arrive pour les
répugnances d'imagination qui n'ont pas été
combattues dès l'origine, cette hallucination
prenait à chaque instant plus d'empire sur lui.

— Et pour couronner le tout, grommelait-il
tout seul en serrant les poings, il faut que ce
badaud de Quilliane soit allé se fourrer dans
tout cela ! Que le diable l'emporte !

Il déjeuna dans sa chambre, à l'hôtel, ainsi
qu'un malfaiteur qui fuit les regards, puis,
s'étant assuré que Thérèse n'avait rien à craindre pour sa sûreté dans ce village peuplé de
touristes, il gagna la campagne déserte après
avoir prévenu que son absence pourrait durer
plusieurs jours.

# VIII

Lassavielle père est le premier qui ait introduit chez nous, dans de vastes proportions,
l'industrie, jusque-là monopolisée par l'Angleterre, des applications diverses de la gutta-
percha.

Robuste encore et très jaloux de son autorité
sur la marche d'une affaire née dans ses mains,
il n'a jamais permis que son fils unique fran-
chît la porte de l'usine, autrement que pour
la visiter en curieux. Bien des jeunes gens de
l'âge de Georges Lassavielle — qui vient d'avoir
trente ans, — se résigneraient facilement à

mener la vie d'un oisif, fils de millionnaire.
Il en va autrement pour lui, car il est d'une
remarquable intelligence, et les distractions
ineptes, quand elles ne sont rien de plus, qui
font la joie de ses pareils, n'ont pas eu le don
de le satisfaire.

Privé de la joie de gagner son argent lui-
même, il s'attache à le dépenser habilement,
et peu de gens peuvent se vanter d'avoir mieux
compris cette formule rebattue depuis soixante
ans : « L'aristocratie de la fortune. » Si jamais
cette aristocratie parvient à remplacer l'autre,
au lieu de s'y incorporer ce qui est sa tendance
actuelle, ce résultat sera dû pour une part à
Georges Lassavielle et au noyau d'imitateurs
qu'il essaye de former autour de lui.

La première chose qu'il fit, à l'âge où
d'autres opèrent sur le terrain galant, fut
d'épouser une jeune fille très belle, point
assez dévote pour le gêner dans son allure,
point assez libre penseuse pour causer du tort
à son mari à la moindre baisse dans le
baromètre. Il n'avait point cherché quelqu'une
de ces grosses héritières qui se plient mal
aux ordres d'un époux ; encore moins avait-il

suivi l'exemple de ces jeunes bourgeois, héros
de nos romans à la mode, qui s'offrent des
filles de nobles déconfits pour tâter légitime-
ment des caresses d'une femme bien née. Ce
n'était point qu'il méprisât la noblesse, tout
au contraire ; mais il voulait, par-dessus tout,
avoir les coudées franches. Il admettait qu'il
vaut mieux descendre des croisés que d'un
forçat, ou même, comme lui, d'un grand-
père mort sans savoir lire. Seulement il esti-
mait qu'un blason trop illustre est gênant,
de nos jours, quand on le respecte, et com-
promettant quand on l'oublie.

— Cent ans plus tôt, disait-il, j'aurais aimé
être marquis. Mais, ma foi ! sachant ce que
je sais et voyant ce que je vois, je ne suis
pas trop fâché d'être Georges Lassavielle.

Cet enfant prodigue par ordre paternel eut
bientôt complété son outillage d'homme riche.
Il fit son choix parmi les châteaux à vendre
et se garda bien d'acheter le sien trop près
de Paris. Mais il l'entoura de terres étendues
et, dès lors, on l'entendit gémir sur les fer-
miers qui ne payent pas, comme si son déjeuner du lendemain eût dépendu de ses fer-

mages. A Paris, sa façon d'atteler pouvait passer pour un modèle irréprochable de goût. Enfin son équipage de vénerie fut bientôt cité parmi les meilleurs de l'Ouest.

Cet homme étonnant sut même, d'instinct, éviter les hauts fonds où ses pareils échouent d'ordinaire : le jeu, l'écurie de courses, les frasques anticonjugales, et la candidature républicaine, à une époque où elle avait encore un semblant de prestige.

Les comtes et les marquis des châteaux voisins du sien commencèrent par le larder d'épigrammes qu'il supporta magnifiquement.

— A leur place, déclarait-il, je suppose que j'en dirais encore plus.

Seulement, quand on voulut bien mettre bas les armes et se rapprocher de lui : serviteur ! Il eut pour ces gentilshommes condescendants une courtoisie exquise mais glaciale, saluant jusqu'à terre leurs femmes et leurs filles quand il les rencontrait, mais paraissant à cent lieues de se douter que ses dîners, ses comédies ou ses chasses pouvaient avoir le moindre intérêt pour des gens si bien pourvus en relations dans leur propre monde.

Il devint peu à peu le chef d'une coterie plus fermée que le faubourg Saint-Germain ne fut jamais, même à l'époque où il avait encore des portes. On ne trouvait chez lui ni duc français, ni prince étranger, ni chef de la tribu d'Israël, ni futur grand homme d'État, mais seulement de bons garçons comme lui et de jolies femmes comme la sienne, ayant le temps et les moyens de s'amuser et s'amusant pour eux-mêmes, sans se mettre en quatre afin que l'univers eût les regards braqués de leur côté.

Sur ces entrefaites, la jeune madame Lassavielle perdit un proche parent, ce qui condamnait le ménage, toujours correct, à un hiver sérieux. C'était le cas de se mettre à la mode, alors naissante en France, du *yachting*. Une occasion, justement, se présentait en Angleterre. Georges la saisit, et, vers le milieu de décembre, la *Topaze*, dûment repeinte et rebaptisée, quitta Marseille pour Alexandrie, avec escales, ayant ses huit cabines pleines d'invités. Mais le mal de mer se brave plus facilement de loin que de près. Le yacht dut s'alléger d'un passager en Corse, d'un à Mes-

sine et de deux à Malte, si bien qu'il n'avait
plus à bord, en arrivant devant l'ancienne
Pharos, que le propriétaire et sa femme, et
un autre couple dont la plus belle moitié
n'était pas inconnue au pauvre Albert de
Sénac.

Cependant Clotilde Questembert n'avait pas
le cœur plus solide qu'une autre (je parle
des qualités purement nautiques). Seulement
deux liens également puissants l'enchaînaient
aux pas de Marguerite Lassavielle : l'économie
et l'affection. Le rôle de compagne à peu près
inséparable d'une femme très riche a du bon
et supprime, dans un budget restreint, bien
des détails difficiles. Voilà l'explication de ce
phénomène qui causait tant de surprise à
Sénac, tant de désagrément aussi : la présence
de Clotilde aux ruines de Thèbes, sur un
yacht équipé princièrement.

La rencontre de Quilliane et des Lassavielle
eut cela de curieux que, des deux côtés, on
s'imagina déroger en provoquant ou en accep-
tant ces relatious momentanées. Christian et
Georges se connaissaient de vue, comme tout
le monde se connaît à Paris. Mais le premier

ne se mêlait pas à la bourgeoisie. Quant au
second, je viens de dire quel était son programme à l'égard des nobles.

Seulement, il n'y a pas de programme qui
tienne, pour les Parisiens pur sang, à trois
mille huit cents kilomètres du boulevard. En
se serrant la main sur le yacht, le premier
soir, les deux hommes faisaient leurs restric-
tions mentales : « Si ce poitrinaire en réchappe,
se disait l'un, j'en serai quitte pour lui rendre
ses cartes, là-bas, avec une sage lenteur. Il
comprendra. » Le marquis pensait de son
côté : « Une fois de retour, j'aurai bien vite
fait voir à ce marchand de caoutchouc que je
compte m'en tenir à ses bretelles. » Mais
il avait compté sans les yeux noirs de
Clotilde.

Quand il rentra sur la *Nephthys*, il dut
avouer à sa sœur, qui l'attendait, qu'il s'était
franchement amusé :

— Vois-tu, ma chère, il n'y a pas à dire.
Ces bourgeois millionnaires d'aujourd'hui entendent la vie tout aussi bien que nous. Tu
n'a pas l'idée de ce qu'est ce yacht, et je me
demande si j'oserai inviter les Lassavielle,

après le dîner qu'ils viennent de m'offrir.

— Quel bonheur si tu n'oses pas! répondit Thérèse.

Pendant ce temps-là, dans le boudoir de la *Topaze*, les deux amies causaient à voix basse, les lourdes portières baissées. Depuis longtemps Clotilde avait confié à Marguerite ce qu'elle appelait « son roman de jeune fille ». Aussi, en entendant le nom d'Albert de Sénac tomber des lèvres de son hôte, « madame Georges », comme on la nommait dans la coterie, avait échangé avec sa compagne de voyage un regard éloquent.

— Ainsi donc, ma pauvre Clo, dit-elle quand les épanchements furent possibles, tu vas revoir ton amoureux. En voilà une rencontre! Mais, tu sais, je t'adresse mes compliments. Tu es forte! Moi, rien qu'en apprenant que le beau Sénac était ici, j'ai eu l'appétit coupé; toi, tu n'as pas perdu une bouchée.

— Oh! ma chère, si j'avais jeûné toutes les fois qu'il a surgi des complications dans ma vie, je n'aurais plus que la peau sur les os. L'imprévu, c'est ma spécialité. Malheu-

sement, l'imprévu qui m'arrive est trop souvent désagréable.

— Écoute, si tu as peur, je vais souffler à
Georges l'idée de partir. Je crois qu'il est am-
plement rassasié de sphinx et d'obélisques.
Quant à moi...

— Je n'ai pas peur, fit Clotilde avec le
geste éternellement fatigué qu'elle avait souvent. Je connais M. de Sénac. Nous autres
femmes, vois-tu, nous pouvons épouser n'importe qui. Mais pour les... aventures, il n'y
a que les gentilshommes de bonne race. Avec
eux, si les cartes se brouillent, on est à peu
près sûre de n'être ni compromise ni battue.
D'ailleurs, il ne doit plus m'en vouloir. Ma
chance habituelle l'a vengé : il me retrouve
plus pauvre que quand il m'a connue. Le
beau rôle est pour lui.

— Alors, pourquoi s'est-il sauvé comme
un chacal dans les ruines ?

— Va le lui demander.

— Peut-être qu'il est très malheureux,
qu'il t'aime encore à la folie.

— C'est possible. Je l'ai toujours considéré
comme un grand original.

— Et toi, plus rien? Tu ne te sens pas un peu... chatouillée?

— Ma chère, il n'y a rien pour calmer les chatouillements dont tu parles comme de traverser les ennuis d'argent que j'ai connus.

— Enfin, qu'est-ce que tu préfères : qu'il se montre où qu'il reste caché?

— Pour toutes les raisons possibles je désire le voir. D'abord cette abstention systématique pourrait éveiller l'attention. Ensuite ce sera une distraction, et tu m'avoueras que nous nous ennuyons fort depuis une semaine.

— Oui, répondit en soupirant madame Georges. Entre nous, je crois qu'il faut être Anglaise pour prendre du plaisir à la navigation de plaisance.

## IX

Quand il s'agit des malades consomptifs, on
ne doit pas crier trop vite au miracle. Toutefois, au bout d'une semaine, Christian n'était
plus reconnaissable. Il mangeait, buvait, dormait comme tout le monde, et, les courses fati-
gantes lui étant défendues, il passait ses après-
midi sur la *Topaze*, où deux jolies femmes
lui laissaient voir qu'elles le trouvaient charmant, en quoi d'ailleurs elles n'étaient pas
les premières.

Marguerite Lassavielle, avec les cheveux
roux qu'elle devait à Bysterweld et les yeux

couleur noisette qu'elle tenait de la nature,
— les femmes n'ayant pas encore trouvé le
moyen de teindre leurs prunelles, — était
une joyeuse commère toujours disposée à
rire, et, de fait, on ne voyait guère pourquoi
elle eût été mélancolique.

Plus tranquille en apparence, mais d'une
tranquillité inquiétante comme le sommeil
toujours incomplet de certains animaux de
proie, Clotilde Questembert était de celles
qui arrêtent l'attention d'un blasé. Le rap-
prochement de ses yeux noirs, magnifiques
par eux-mêmes, donnait une intensité obsé-
dante à son regard froid, qui ne se baissait
jamais devant un autre. Cette fixité ne ressemblait en rien à la provocation : c'était
quelque chose de plus. Elle semblait dire à
tous : « Rien ne m'arrête, rien ne me sur-
passe, rien ne m'émeut. Vous n'obtiendrez
rien de moi, si j'y suis décidée. Si je veux,
vous plierez devant moi. » Tout surprenait
dans cette femme. Le visage allongé, surmonté d'une crêpelure très brune, étroite et
saillante comme une crête, semblait d'abord
un peu massif. Un buste aux épaules larges

reposait puissamment sur des hanches développées. Les jambes auraient paru trop courtes
à un statuaire, mais, au moindre mouvement,
Clotilde révélait une souplesse incomparable-
ment gracieuse, et, pour peu qu'on la vît en
robe ouverte, on n'avait plus de doutes sur
la perfection du modelé de la statue. Aussi,
après la première soirée, Christian s'était dit,
en fin dilettante :

« Si j'étais le Quilliane d'autrefois, nous
saurions ce qu'il y a derrière le masque pâle
de cette brune à l'air endormi. »

Le second jour, madame Questembert s'a-
perçut que le marquis allait être amoureux
d'elle. Le troisième, c'était chose faite. Le
quatrième, Christian racontait à la jeune femme
ses secrets et ceux des autres, à commencer
par ceux de Sénac, du moins le peu qu'il en
savait.

— Celui-là, dit-il, avait un chagrin de cœur
qu'il cachait à tout le monde. Seulement, je le
crois en train de se guérir d'un mal par un
autre.

— Par mademoiselle de Quilliane, sans
doute ?

— Oui, mais ce pauvre Albert n'a pas de chance. La première femme qu'il a aimée l'a trahi. La seconde se fera religieuse.

Clotilde fut sur le point de raconter — à sa façon — le premier roman de Sénac. Mais elle réfléchit qu'il serait toujours temps de fournir des documents à l'histoire, selon ses vues et selon les circonstances. Pour le moment, elle ne songea plus qu'à jouir de la distraction inespérée que le sort lui envoyait, car, pour être juste, l'imbroglio se présentait bien.

Tout cela ne faisait point une existence fort agréable à Thérèse. Elle voyait son frère comme jadis, dans le bon temps, c'est-à-dire entre deux parties et lorsqu'il était fatigué. Par le drogman de la *Nephthys*, elle avait des nouvelles d'Albert qui menait la vie d'un Arabe nomade, passant continuellement d'un rivage du Nil sur l'autre, campant une nuit dans les catacombes de Qournah, partageant le lendemain la hutte d'un berger de Karnak, dessinant le matin, chassant le soir, et vivant Dieu sait comme. Elle se sentait prise d'une grande pitié pour lui. Elle songeait à chaque instant : « C'est à cause de moi qu'il supporte

toutes ces misères. Si je pouvais, je lui ferais
comprendre que je ne lui demandais pas de
disparaître. »

· Elle ne se doutait pas que le disparu, lui aûsi,
avait sa police et qu'il était assez bien renseigné sur les faits et gestes d'un chacun. Mais
il ignorait précisément ce qu'il aurait voulu
savoir par-dessus tout : Que pensait Thérèse?
Qu'avait dit Clotilde à l'inflammable Quilliane?
Que ne lui avait-elle pas dit ? Car il ne doutait pas un instant, les connaissant l'un et
l'autre, d'une aventure plus ou moins ébauchée
entre eux.

Le dimanche qui suivit l'arrivée à Louqsor,
Albert était à la chapelle de la pauvre maison
des missionnaires italiens quand commença la
première messe. D'une part, il était certain
que Thérèse s'y trouverait, comme elle s'y
trouvait en effet. De l'autre, il ne craignait
pas que les Parisiennes fussent levées si tôt.
A la sortie de l'office, il était au bénitier pour
offrir l'eau sainte à mademoiselle de Quilliane
et à mistress Crowe.

— Je vois, dit la jeune fille, que vous avez
commencé la journée en bon chrétien. Il faut

la continuer en homme civilisé. Vous n'avez pas oublié, je pense, que vous êtes inscrit sur le rôle de la *Nephthys*?

Il répondit, étonné lui-même du bonheur qu'il éprouvait :

— Je n'ai rien oublié et, si j'étais sûr qu'on ne m'arrêtera point comme déserteur, j'irais déjeuner avec vous. Christian y sera-t-il ?

— Et pourquoi n'y serait-il pas ?

— C'est que, répliqua Sénac avec un peu d'embarras, je sais que votre frère vous fausse quelquefois compagnie.

— Vous savez cela ? dit Thérèse en le regardant.

Il se laissa pénétrer par ce regard d'une pureté profonde et répondit d'un air plus sérieux que ses paroles :

— Croyez-vous que les momies dont je fais ma société m'ôtent le souvenir des vivants ? Je veille sur vous, plus que vous ne le supposez. Plus d'une fois, pendant que vous dormiez, j'étais sur la rive, remplissant mon rôle de gardien, comme je vous l'ai promis.

Mademoiselle de Quilliane, se tut, secrète-

ment touchée.° Très heureux, malgré tout, il
la contemplait.

— A midi, nous vous attendons, fit-elle,
rompant le silence la première.

Il promit d'un signe, et ils se quittèrent pour
le réste de la matinée.

Durant le repas, Christian tint le dé de la
conversation, et il ne parla guère que de la
*Topaze.* Il s'étendit sur les splendeurs du
yacht, sur l'hospitalité qu'on y trouvait, sur
la grâce des deux femmes, sur la courtoisie de
leurs maris. Peu à peu il s'échauffa.

— Ce que vous faites l'un et l'autre est
aussi impoli qu'absurde, dit-il à sa sœur et à
son ami. Vous me mettez dans une position
fausse. On m'accable de questions sur vous.
J'ai beau vous peindre, toi comme un original
entiché de vieux murs, toi comme une demi-
religieuse confite en ses dévotions, il n'en est
pas moins vrai que vous avez l'air de faire fi
de ces braves gens.

Albert comprit que Clotilde n'avait point
parlé. Il répondit :

— Pour ce qui me concerne, je ne fais fi de
personne. Je rencontre tous les jours dans la

plaine des douzaines de touristes comme moi. Les trouve-t-on absurdes et impolis parce qu'ils ne vont pas rendre leurs devoirs aux passagers de la *Topaze?*

— Si tu te compares à des Anglais... gronda Quilliane en haussant les épaules. Mais ne parlons pas de toi. Je dis que ma sœur doit une visite aux Lassavielle.

Thérèse regardait dans son assiette. Albert comprit qu'elle attendait ce qu'il allait dire.

— Oui, peut-être, fit-il. Après tout, cela n'engage à rien.

— Puisque la majorité se prononce, soupira la jeune fille, j'irai demain sur la *Topaze.*

— Pourquoi pas aujourd'hui ? demanda Christian.

— Je ne fais pas de visites le dimanche.

A peine le café pris, Quilliane débarqua de la *Nephthys* et, pour être franc, personne ne regretta de le voir s'éloigner. Albert s'était promis de prendre congé de bonne heure, mais il restait malgré lui, pénétré d'une sorte de douceur attendrissante, comme s'il eût enfin retrouvé des joies depuis longtemps

9.

perdues. En réalité, les jours de solitude austère qu'il venait de passer lui avaient semblé
des siècles. Jamais il n'avait apprécié comme
à cette heure les avantages réunis sur la *dahabieh* : les sièges moelleux, la nourriture frugale
mais soignée, la méticuleuse propreté, l'honnête
et bienveillant visage de mistress Crowe, mais
surtout la lumière, l'apaisement, la réconcilia-
tion avec la vie qu'il avait été chercher au
bout du monde, et qu'il trouvait là, sur cette
barque silencieuse, dans le doux sourire de Thérèse de Quilliane, dans ses yeux francs et purs.

Cet après-midi de janvier, allongé cependant
par le voisinage du tropique et par la clarté
d'un ciel serein, avait fui comme un rêve souvent troublé par la réalité. Vingt fois Albert
avait oublié l'abîme creusé entre lui et cette
jeune fille. Vingt fois, le voyant s'égarer dans
sa fantaisie, elle avait rappelé par une parole
plus grave ou seulement par un sourire déjà
voilé que sa place était prête hors du monde.
Elle prenait un plaisir mystique à moissonner
ces fleurs toujours renaissantes de la tendresse
humaine, pour en faire plus brillante sa couronne de fiancée du Christ. Mais les roses n'ont

jamais plus de parfum que sous la main qui
tranche leurs tiges...

Tout à coup un rayon de pourpre et d'or
pénétra sous la tente de la *Nephthys*. Le soleil,
de son disque rougi, touchait la crète des collines Libyques. Tel fut l'éclat dont le visage de
Thérèse fut transfiguré une seconde, que Sénac
s'arrêta court au milieu d'une phrase. Il éprouvait le choc d'une grande joie. A cette heure,
il sentait que le passé était vaincu à jamais,
qu'un sentiment unique remplissait son âme,
pour la briser peut-être, hélas ! d'un désespoir
éternel, mais combien plus noble et plus doux
que l'ancienne blessure !...

Sur le pont de la cange, on entendit des
pas rapides ; au même instant, le marquis
parut sur la dunette, fort affairé. Sans voir
personne, il dit à sa sœur :

— Je t'annonce une visite. Ces dames ne
veulent pas que tu les préviennes, elles me
suivent. Mohamed ! Antonio ! François ! des
lampes ! des falots ! rangez ces guenilles !
Qu'on enlève cette marmite ! Au diable ces
moricauds et leur cuisine puante ! Ce bateau
ressemble à une galère de pirates !

Mademoiselle de Quilliane restait immobile et, selon toute apparence, l'honneur d'être « prévenue » la laissait assez froide. Elle regardait son frère avec étonnement, voire avec un peu de déplaisir. Cette agitation de bourgeois surpris en déshabillé la froissait.

Au plus fort du branle-bas, les deux Parisiennes mirent le pied sur la cange, escortées de deux hommes, l'un jeune, souple, souriant, de figure agréable, qui était le riche Lassavielle ; l'autre plus mûr, gros et court, l'air à la fois éteint et gouailleur, qui était Questembert le pauvre. Quilliane fit les présentations. Ces messieurs trouvèrent Thérèse fort belle, mais grincheuse. Ces dames la trouvèrent distinguée, mais habillée comme une vieille fille. Tout en s'asseyant, elles regardaient à droite et à gauche ; il était facile de voir qu'elles cherchaient quelqu'un. Mais ce quelqu'un, sans être vu, avait quitté la *Nephthys* et il s'éloignait à grands pas en suivant la rive de sable, non sans murmurer des phrases qui n'étaient pas des compliments de bienvenue à l'adresse des visiteurs.

— Sénac ! Albert ! Où a-t-il passé ? Il

était ici à l'instant! s'écria le marquis, ne prenant pas garde qu'il disait une sottise.

Thérèse rougit d'ennui. Les deux passagères de la *Topaze* échangèrent un regard qui en disait long. Mademoiselle de Quilliane fit un effort pour engager l'entretien d'un air souriant. Pour un peu, elle aurait pleuré de cette surprise doublement désagréable.

Rarement conversation fut plus laborieuse. Le marquis était emprunté, nerveux. Thérèse était déconcertée, pour la première fois de sa vie. Tout lui déplaisait : la galanterie bientôt familière des hommes ; la toilette excentrique des femmes, leur curiosité mal déguisée et jusqu'à l'ombre d'ironie dont s'aiguisaient leurs sourires. Pour comble d'à-propos, madame Lassavielle profita d'un des nombreux repos du dialogue pour parler du quatrième passager de la *Nephthys*. Thérèse connut l'avanie suprême d'une demi-apologie que son frère lui laissa entreprendre, car il était furieux de la retraite singulière de son ami.

— Je crois, dit-elle, que M. de Sénac a perdu le goût du monde à force de voyager

seul. C'est un explorateur convaincu. Depuis
notre arrivée à Louqsor, il avait disparu. Il
a fallu le dimanche pour nous le ramener
un instant.

— La Thébaïde a retrouvé un saint An-
toine, fit madame Questembert en dirigeant
sur Thérèse ses yeux noirs, comme des poi-
gnards magnifiques.

— Pourquoi pas ! dit Quilliane tout confit
en galanterie, puisque le Nil a retrouvé deux
Cléopâtres ?

Ce madrigal de notaire fit long feu. Les
Parisiennes s'ennuyaient. Thérèse leur avait
déplu souverainement, mais une invitation à
dîner sur la *Topaze* pour le lendemain n'en
était pas moins indispensable. Mademoiselle de
Quilliane l'accepta, parce qu'il n'y avait aucun
moyen humain qui pût l'y soustraire.

Là-dessus on se dit bonsoir avec force poignées de main. Le marquis escorta ses visiteurs jusqu'au yacht où on le retint. Sa sœur
dîna seule avec mistress Crowe, ou plutôt elle
fit semblant de dîner, car elle se sentait accablée d'un poids étrange, et, depuis qu'elle était
au monde, elle ne se souvenait pas d'avoir

éprouvé le mécontentement universel que lui laissait la fin de cette journée.

Albert ne reparut sur la *Nephthys* ni le dimanche soir, ni durant la journée du lendemain, qu'il passa dans la plaine, en dehors des ruines, car même la vue des androgynes venues sur les bateaux de Cook lui était insupportable. Il était en pleine rechute, et furieux contre lui-même de n'être pas mieux guéri.

— Comment, songeait-il, ai-je pu être assez lâche pour ne l'avoir pas attendue, défiée, battue sur ce terrain où elle venait me provoquer, sous les yeux de celle qui pourrait être mon salut, si ma mauvaise étoile ne me fermait pas cette espérance ! Audacieuse créature ! On dirait que c'est moi qui dois rougir devant elle ! Et, même ces courts moments de bonheur que je dois au hasard, il faut qu'elle les fasse fuir par sa présence ! Quand donc aura-t-elle fini de me nuire ?

Pendant qu'il s'attristait ainsi, attendant que la femme d'un fellah hospitalier eût achevé de rôtir le gibier qui allait composer son repas, Thérèse de Quilliane s'asseyait à la table somptueuse du yacht. La jeune fille étouffait dans cette salle bêtement combinée pour donner l'illusion de la terre ferme, au milieu de ce luxe fou, si singulièrement disparate en face de ces ruines austères. Elle faisait de son mieux pour cacher l'irritation qu'elle éprouvait d'être là malgré elle, d'appartenir à ces inconnus qui s'emparaient d'elle peu à peu, l'obligeant à sourire de leurs plaisanteries, à se mêler à leurs projets, à les remercier de leurs prévenances. Grâce à Dieu, ils allaient partir bientôt, et cette nouvelle qui parut assombrir Christian, lui donna le courage d'être polie. Encore un peu moins d'une semaine, et sa chère indépendance lui serait rendue. Aussi elle se résigna presque de bon cœur à deux corvées suprêmes : une partie en pique-nique aux ruines de Karnak pour le lendemain ; un dîner que la *Nephthys* devait rendre à la *Topaze* le jour suivant, le dîner d'adieu, adieu définitif et sans crainte de nouvelle rencontre. Ensuite elle oublierait même qu'elle avait connu ces étrangers...

Mais qui peut prévoir l'avenir ?

# X

La caravane montée sur des ânes, à la mode
du pays, quitta Louqsor à une heure matinale
pour des Parisiennes renforcées, comme étaient
Marguerite et Clotilde. L'équipage du yacht,
armé jusqu'aux dents, servait d'escorte. On aurait cru qu'il s'agissait de reprendre Khartoum
sur le Mahdi, et la vue de ces carabines et de
ces haches d'abordage luisant au soleil causait
à l'infortunée mistress Crowe une épouvante
sans nom.

D'abord on suivit l'allée droite, longue d'une
demi-lieue, bordée de débris sur tout son par-

cours, qui joint Louqsor à Karnak. Puis on atteignit la célèbre avenue des Sphinx, aboutissant à un pylône gigantesque dont la silhouette rectangulaire, entourée de massifs de palmiers bas, se découpait durement sur le ciel d'une teinte crue. Au milieu de la chaussée, le sable se creusait depuis trente siècles sous le piétinement des animaux et des hommes, foule autrefois, aujourd'hui formes rares, perdues dans l'immensité. Mais, sur les bords, l'arène se relevait en un double sillon pour ensevelir à demi les monstres de pierre, montrant pour la plupart la plaie, large comme une table, de leur encolure décapitée par une tranchure nette. On aurait dit que le glaive puissant d'un exécuteur formidable venait à peine d'achever l'extermination, dont les fellahines qui passaient, maigrement drapées dans leur sarrau de laine noire, semblaient encore porter le deuil.

En quittant cette voie grandiose, qui serait sans rivale au monde si la chaussée de la pagode d'Ang-Kor n'existait pas, la caravane, déjà lasse de poussière et de soleil, déboucha, par la gauche, dans l'enceinte du Grand Temple.

Quelques minutes après, tout le monde mettait
pied à terre dans la salle aux cent trente-quatre
colonnes, dont une muraille sculptée comme
un joyau forme le pourtour.

Restée debout après quatre mille ans, cette
futaie de granit élève dans l'azur du ciel ses
troncs sans couronnement, si rapprochés les
uns des autres qu'il semble malaisé de s'y
frayer une route. La perspective se déroule,
immense, coupée de temps en temps par une
colonne qui semble défaillir, appuyée sur sa
voisine. Et, si loin que le regard peut s'étendre, ce sont des ruines, mais non cet amoncellement douloureux de décombres qui ressemble à une décomposition du passé mort.
Toutes ces figures de héros, tous ces masques
de divinités bestiales respirent une majesté
sereine, avec l'orgueil mélancolique d'avoir
approché, plus qu'aucune œuvre humaine, de
l'éternelle durée.

Les deux jeunes femmes et leurs maris n'en
étaient pas à leur première visite; ce spectacle
prodigieux n'éveillait plus leur admiration facilement blasée. Quilliane avait le corps fatigué
par la course, l'âme distraite par des préoccu-

pations moins épurées, ainsi qu'on pouvait en
juger à la façon dont il regardait Clotilde.
Quant à mistress Crowe, un sentiment, chez
elle, dominait tous les autres, la terreur des
serpents, des chauves-souris et des scorpions.

Seule, Thérèse était en état de goûter dans
leur plénitude les puissantes émotions d'un
spectacle unique. Mais le besoin d'être laissée
à elle-même parlait plus haut que tout le
reste. Si habituée qu'elle fût à se dominer,
elle sentait qu'une crise nerveuse allait venir,
pour peu qu'il lui fallût entendre un quart
d'heure de plus la « conversation parisienne »
de ses compagnons. Questembert et Lassavielle, surtout, l'exaspéraient, avec leurs sou-
liers vernis, leur linge éblouissant, leurs gants
frais, leur galanterie toujours souriante. Jamais l'être masculin ne lui était apparu, à ce
point, dans la banalité mesquine que lui
donne l'éducation. Elle s'éloigna doucement,
tandis qu'on s'occupait des préparatifs d'un
déjeuner invraisemblable. Déjà les voix et les
éclats de rire de ces fous n'arrivaient plus jusqu'à elle que comme un écho profane qu'elle
était pressée de fuir entièrement.

Elle marchait à petits pas, sans regarder à ses pieds, les yeux dilatés par une surprise toujours renaissante, trébuchant aux inégalités du sol bouleversé par les fouilles. Tantôt l'ombre subite la plongeait dans l'obscurité; tantôt l'onde brûlante de la lumière ensoleillée tombait sur sa tête, à travers les linteaux des plafonds absents. Des parvis spacieux s'étendirent devant elle, barrés par des obélisques brisés qui l'obligeaient à faire de longs détours. Elle frôla des cariatides au buste charmant, dont les têtes frissonnent dans l'air glacé de quelque musée d'Europe. Enfin, dans une dernière salle, sur une table de granit destinée aux offrandes des rites d'Ammon, la vierge chrétienne s'assit, vaincue subitement par une écrasante fatigue dont son âme était meurtrie, et qui la fit songer aux défaillances du Christ, mouillant d'une sueur sanglante la poussière du jardin des Oliviers.

Depuis longtemps, d'ailleurs, elle sentait se préparer cette crise aiguë. Pas plus que le corps l'esprit ne change impunément, sans transition, de nourriture et de climat. Depuis deux mois, depuis deux semaines surtout, elle

était privée de ce *pain de la parole* qui for-
tifiait la jeunesse de son âme dans sa pieuse
retraite. Elle n'avait plus les entretiens de sa
tante, les encouragements du vieux prêtre
dont la sainteté l'édifiait. Elle n'avait plus ses
longues heures d'oraison dans la chapelle silencieuse dont les murs mêmes parlaient à sa
foi et lui rappelaient le prochain sacrifice.
Tout était nouveau, les lieux, la lumière, le
langage, tout, jusqu'à cette religion dont les
divinités bizarres la magnétisaient lourdement
du regard figé de leurs yeux de pierre.

Dans le trouble de son angoisse, envahie
par la détresse de l'enfant égaré loin de sa
demeure, elle voulut prier pour que l'épreuve
passât bientôt, pour que la vie de son désir
et de son choix lui fût rendue sans tarder.
Mais, à son inexprimable horreur, elle sentit
la prière se glacer sur ses lèvres, comme si,
dans ce sanctuaire aux inscriptions inconnues,
Dieu lui-même ne pouvait plus comprendre le
langage chrétien.

Frémissant d'épouvante, la pieuse créature
se demanda si la foi de son enfance n'était
pas en péril et si, jamais, elle retrouverait la

paix délicieuse des autels de Jésus. Les masques graves qui la contemplaient, imposants
par leur énormité, vénérables, malgré tout,
par tant de siècles passés sur leurs fronts,
semblaient regarder avec une compassion tranquille cette étrangère d'une race toute jeune
et toute petite à côté de la leur. Thérèse traça
un signe de croix, comme elle avait appris
qu'on doit faire dans la tentation. Les géants
restèrent impassibles, mais elle crut entendre
leurs voix qui disaient :

— Quand ton Christ naquit, nous étions déjà
plus vieux qu'il ne serait aujourd'hui, s'il
avait continué sa vie terrestre. Là, sur cette
pierre où tu es assise, on a sacrifié plus longtemps que sur le plus ancien de tes autels.
Parmi tes temples, en est-il un qui approche
par l'étendue et la splendeur de ces merveilles
qui te troublent? Souviens-toi que nous avons
vu des millions d'hommes cherchant la vérité
et la justice courber leurs fronts sous nos regards. Nous avons vu des millions de vierges
dérouler à travers nos colonnes, en soupirant,
les longues files toutes blanches de leurs cor-
tèges. Ta jeunesse, ta beauté, ta soif de l'a-

mour sans fin, sans trahisons, elles avaient tout
cela. Qui te donne cet orgueil de te mettre au-
dessus d'elles, de penser que tu marches dans
la lumière et qu'elles erraient dans la nuit?
Que penseront de ta foi, dans vingt siècles,
les voyageurs égarés dans les ruines de tes
édifices sacrés? Va! chétive créature, née pour
mourir si vite! Qu'importe le plaisir ou le
cilice pour ta vie d'une heure? Que tu couvres
tes épaules de bure on de satin, que tu cou-
ronnes ton front d'épines ou de roses, tu n'en
es pas moins une goutte déjà perdue dans
l'onde humaine qui coule à nos pieds depuis
des millions de soleils. Pauvre ciron, sans
lendemain terrestre, voilà la seule Vérité!

En ce moment, Thérèse aurait donné un an
d'existence pour voir surgir à la place de
ces ruines maudites l'humble chapelle de son
couvent, tout embaumée d'encens, tout impré-
gnée de prières. Retrouver pour une heure sa
place accoutumée près de l'autel fleuri, entendre le *Credo* monter vers la voûte aux
étoiles d'or, quelle joie suprême! quel remède
souverain pour l'angoisse présente! Mais qu'il
était loin, cet asile vainement appelé!

Alors une pensée désespérante acheva de l'abattre :

— Je suis punie ! Même pour un jour, le monde n'aurait pas dû me prendre. J'y suis rentrée par tendresse pour mon frère qui mourait ; à quoi lui ai-je servi ? C'est un passant qui l'a distrait, qui l'a rattaché à la vie, qui l'a fait venir ici, qui l'a sauvé peut-être ! Et, depuis qu'il va mieux, Christian ne sait même plus si je suis là ! Il me laisse à l'écart ; tout le monde m'abandonne, tout le monde est heureux, tout le monde oublie ! Oh ! pourquoi suis-je venue dans cette horrible pays ?

Elle fondit en larmes après avoir poussé cette plainte, sans se douter qu'elle avait parlé tout haut. Mais ses sanglots s'arrêtèrent subitement. Une voix, tout près d'elle, venait de répondre :

— Quand même l'univers entier vous abandonnerait, moi je vous reste.

Albert de Sénac était debout, immobile, montrant sur son visage ému combien il souffrait de cette douleur qu'il n'avait pas l'espoir de consoler. Il n'osait faire un geste ni s'approcher davantage, mais, en le voyant, Thérèse laissa échapper une sourde exclamation de joie qui rendit le jeune homme plus hardi. Par un mouvement tout spontané, prenant les mains de mademoiselle de Quilliane, il lui demanda, plutôt avec autorité qu'avec tendresse :

— Pourquoi pleurez-vous ?

Mais déjà elle ne pleurait plus. La joie de trouver là cet ami était si grande, qu'elle sentait pour lui, dans son cœur, une reconnaissance infinie, comme si, pour venir, il eût bravé mille morts. Sans s'en douter, avec une crispation nerveuse, elle serrait les mains de Sénac. On aurait dit qu'elle voulait l'empêcher de fuir, mais Dieu sait s'il y pensait ! Voyant qu'un trouble extrême la maîtrisait encore, il demanda pour la seconde fois, d'une voix très douce, presque paternelle :

— Pourquoi pleurez-vous ? Qu'est-ce qui vous rend malheureuse ? Pouvez-vous me le dire ?

Elle répondit, en essuyant les larmes qui brillaient sur ses joues ardentes :

— Je le pourrais si je le savais. Aucun malheur ne m'est arrivé, Dieu merci ! Tout au contraire, j'ai le bonheur inespéré de voir Christian renaître chaque jour. C'est le seul bonheur que je demande pour ce monde, où nul devoir bientôt ne me retiendra plus.

— Alors, pourquoi ces larmes?

— Les voyages ne me valent rien, répondit la jeune fille en secouant la tête. Mais que puis-je vous dire, à vous dont la vie se passe dans les courses lointaines? Vous êtes précisément, de tous les hommes, celui qui saurait le moins me comprendre.

— Qu'en savez-vous? Une ou deux fois vous m'avez parlé avec confiance. Essayez encore aujourd'hui. Entre nous je devine tant de pensées communes! Voulez-vous me permettre de lire en vous?

La jeune fille se tut, mais elle leva sur celui qui parlait son clair regard, déjà moins attristé. Sénac reprit :

— Vous dites que vous n'êtes pas faite pour les voyages? La vérité, c'est que vous n'êtes point faite pour la solitude. Ne souriez pas, je sais que vous vous croyez certaine du contraire. Et, cependant, vous pleuriez tout à l'heure à cause de l'isolement où votre frère

vous laisse depuis qu'il se sent plus fort. Oh !
je ne l'accuse point : la plupart des hommes
sont comme lui. Le boiteux redressé oublie le
bâton qui le soutenait. Telle est la nature
humaine, et cela vous révolte. Ai-je raison ?

— Vous pourriez avoir raison si je n'avais
point dit adieu aux affections humaines, à
toutes, même à celles du sang. Hélas ! j'ai
choisi mon Dieu pour compagnon et pour sou-
tien, et c'est Dieu qui me manque. Je n'entends plus sa voix, la parole de ses prêtres, le
chant de ses hymnes, la cloche de ses temples.
On dirait qu'il est absent de ces lieux.

— Vous ne regardez donc pas le peuple qui
vous environne? Le plus pauvre pêcheur du
Nil invoque Allah plusieurs fois par jour. Et
quel temple égala celui-ci en grandeur et en
merveilles ?

— Hélas ! dit Thérèse en cachant son visage
dans ses mains, voilà ce qui me torture : voir
que mon Dieu n'est pas le mieux prié, le plus
magnifiquement glorifié...

Elle releva la tête, regarda Sénac dans les
yeux et lui demanda, le teint animé, parlant
très vite :

— Quel homme êtes-vous donc, si vous
n'avez jamais senti la souffrance qui me déses-
père ? Vous avez la vraie foi et jamais, en face
de cette foi dans l'erreur qui obscurcit le
globe d'un pôle à l'autre, jamais votre esprit
n'a chancelé ? Jamais, sous aucun ciel, vous
n'avez eu l'angoisse d'être perdu, submergé,
englouti dans ces religions qui comptent leur
existence par dizaines de siècles, leurs fidèles
par centaines de millions, qui ont eu presque
des saints, qui ont eu leurs martyrs ? Jamais,
au plus secret de votre âme, vous n'avez
surpris cet étonnement qui déconcerte la
mienne... et qui est déjà le commencement
d'un blasphème ?

Albert s'assit en face de la jeune fille sur
un bloc à demi enterré dans le sable. Autour
d'eux il y avait un grand silence, troublé
seulement par le bruit d'une sakieh dont les
godets d'argile puisaient l'eau d'un canal
voisin. Thérèse regardait son compagnon,
attendant, sans l'espérer, qu'il lui dît la parole
qu'elle invoquait, la parole qui ramènerait la
paix dans son âme. Il répondit, après que
leurs yeux se furent rencontrés un instant :

10.

— J'ai connu, moi aussi, des heures de vertige comme celui qui vous désole. Les mêmes pensées qui agitent votre esprit ont traversé le mien. J'ai perdu non pas la foi, mais cet orgueil trop dédaigneux dont nous sommes habitués à nous faire gloire. Qui nous permet cette arrogance pharisienne? De quel droit décidons-nous que le premier homme qui s'agenouilla ici n'était pas notre égal dans la prière, dans le désir du bien, un frère plus ignorant, plus malheureux, mais un frère? Ne voyez-vous pas que ce temple est à nous comme il était à lui, que nos prêtres instruits par le Christ succèdent aux siens comme le jour brillant continue le crépuscule?

— Oh! ne dites pas cela! s'écria la jeune fille en joignant les mains. Sur ces pierres, le sang humain a coulé!

— Peut-être. Et de tous les sacrifices que l'homme réduit à ses forces pouvait inventer, celui-là est le plus monstrueux. Mais il est, à un point de vue, le plus grandiose et le plus sublime, puisqu'il est impossible d'en imaginer un autre aussi complet. Faut-il aller

plus loin? Faut-il vous montrer la parenté
mystique entre la main qui égorgeait les victimes sur ce granit et... — la voix d'Albert
trembla — et celle qui fera tomber vos cheveux sur le marbre d'une chapelle, bientôt.

Mademoiselle de Quilliane se leva frisson-
nante, oubliant tout. Elle étendit la main,
comme pour fermer la bouche qui parlait.

— Taisez-vous! cria-t-elle. Je vous en supplie, taisez-vous!... Grand Dieu! quelle différence!...

Albert reprit d'une voix vibrante, inspirée,
mais plus respectueuse que jamais :

— Oui, la différence est infinie. Elle est
dans un mot : l'amour! Notre Dieu seul, ce
Christ auquel nous croyons, a prononcé cette
parole, avant lui jamais tombée d'une bouche
divine. Seul il a proclamé l'amour de là-haut;
seul il a béni, étendu l'amour humain, faisant reculer devant lui les limites de cette vie.
Oui, j'entends s'élever de ces ruines comme un
Credo solennel. Mais l'amour et la foi sont
confondus dans mon âme. Je crois avec mon
esprit moins qu'avec mon cœur affamé de tendresse. Je crois ce que croyait ma mère

adorée. Et si, jusqu'à ce jour, j'avais vécu sans
Dieu, je proclamerais son nom à cette heure.
Je prononcerais cette parole que des martyrs
ont dite en allant s'offrir aux lions : « Votre
Dieu est mon Dieu, parce que je vous
aime ! »

En articulant cette profession de foi inatten-
due, Sénac avait fléchi le genou devant Thérèse qui le regardait stupéfaite, mais gagnée
malgré elle par cet enthousiasme où se mêlaient
toutes les grandes émotions qui peuvent
ébranler une âme noble. Sans vouloir analyser
les paroles qui venaient de tomber sur elle
comme une chaude rosée, elle goûtait la joie
de sentir, rallumée dans son cœur, la flamme
bénie qu'elle croyait éteinte. Elle sentait que
l'épreuve était passée, passée pour toujours.
Comment? par quel miracle? par le pouvoir
de quelle voix? A quoi bon le demander?
Cet homme, quel qu'il fût, venait de lui dire
le mot qu'elle avait besoin d'entendre, qui la
rendait plus forte et non pas moins irréprochable en face d'elle-même. Tout à coup,
voyant qu'il restait agenouillé, elle le rappela
à lui d'une voix douce, un peu timide :

— N'oubliez pas ce que vous venez de dire :
« Ce temple est notre temple. » Respectez-le,
et ne mêlez aucun remords au bien que vous
me faites.

— Je vous fais du bien ! s'écria-t-il en se
relevant aussitôt.

— Jamais, reprit-elle, vous ne saurez quelles
larmes je versais quand vous êtes venu. Oh !
cet éloignement de tout, cette solitude affreuse
où j'étais plongée !...

Il la regardait, éperdu de joie. Il murmura
presque à voix basse :

— Je ne vous laisserai plus seule, maintenant !

— Ami, reprit-elle, rendue à la réalité, il
faudra vous souvenir à qui j'appartiens.

Albert ne répondit que par un soupir.
Tous deux se turent. La sakieh continuait à
faire entendre son grincement monotone.

— Vous n'êtes pas venue à Karnak sans
être accompagnée ? demanda Sénac, désireux
que mademoiselle de Quilliane ne poussât
pas trop loin ses réflexions.

— Nous sommes toute une bande, répondit-
elle. Une partie complète. Et même... je sup-

pose qu'on doit déjeuner. Allons rejoindre la
caravane.

Albert pâlit à ces paroles. Il fit cette question, les sourcils légèrement froncés :

— Est-ce que... les nouveaux amis de votre
frère sont là ?

— Oui, dit-elle, et j'avoue qu'ils n'ajoutent
rien pour moi au charme de l'excursion.
Mais, à propos, on croirait que vous avez peur
d'eux ?

Il hésita une seconde pendant laquelle il
but, comme un breuvage fortifiant, le regard
des yeux clairs de Thérèse. Puis, soudain, lui
offrant son bras, qu'elle prit aussitôt :

— Ah ! Dieu ! je n'ai peur de personne
maintenant, fit-il en secouant la tête d'un air
de défi.

Il s'orienta sans difficulté dans ce labyrinthe
de décombres qu'il connaissait. Peu d'instants
leur suffirent pour arriver dans la grande
salle, où les forces culinaires réunies de la
*Nephthys* et de la *Topaze* terminaient les préparatifs laborieux d'un déjeuner selon l'esprit et l'estomac des convives, ou du moins
de leur majorité.

# XI

L'arrivée de Sénac et de mademoiselle de
Quilliane fut saluée par un silence de mort
qui ne laissa point de déplaire à Thérèse, car
elle y devinait autre chose que la sympathie.
Albert semblait fort calme, d'un calme, à vrai
dire, moins réel que voulu. Il observait chaque visage et surprit le regard un peu in-
quiet que Marguerite jeta sur son amie, avec
une petite toux qui signifiait :

— Le rideau se lève. Es-tu sûre de ton
rôle? N'as-tu point peur?

Clotilde n'avait point peur. Ce qu'elle crai-

gnait par-dessus tout, c'était la monotonie
dans l'existence, et les complications ne prenaient jamais au dépourvu son fatalisme digne
d'une Orientale. Quant au personnage qu'elle
allait jouer dans la pièce qui commençait,
il dépendait du nouveau venu à qui, d'ailleurs, ses admirables yeux le dirent dans un
éclair rapide, intercepté par une seule personne : Thérèse de Quilliane.

Christian présenta son ami aux touristes
du yacht.

Madame Lassavielle tendit la main, pour
rompre la glace, bien que le nouveau venu
méritât par ses dédains un accueil moins gracieux. Mais cette joviale personne est incapable d'une rancune de cinq minutes. C'est
elle qui a dit ce mot profond :

— J'aimerais mieux être trompée par mon
mari que boudée, car je pourrais lui rendre
l'infidélité, jamais la bouderie.

Elle eut lieu d'être satisfaite en voyant
l'aimable désinvolture avec laquelle Sénac et
Clotilde s'abordèrent.

— Si je ne me trompe, madame, j'ai eu
l'honneur de vous être présenté jadis.

— Oui, monsieur, en Dauphiné, avant mon mariage.

Ce fut tout. Ils se montrèrent, l'un et l'autre, sublimes de banalité. Albert se tenait pour ne pas rire en songeant qu'il avait failli sauter dans le Nil, de la *Nephthys*, deux jours plus tôt, pour fuir l'horreur d'une rencontre avec cette femme. Il témoigna une grande cordialité aux deux maris, mais inutilement, car il en fut détesté à première vue. Avec sa haute taille et son costume aisé et pittoresque de coureur de ruines, il rendait grotesques leur élégance boulevardière et leurs travestissements de faux marins.

Madame Lassavielle dit tout bas à Clotilde, non sans quelque compassion :

— Il est superbe, ma pauvre Clo, tout simplement superbe.

— Mais, répondit celle-ci, je ne t'ai jamais dit le contraire !

On se mit à table, une vraie table apportée du yacht avec les chaises, l'argenterie et la vaisselle. Marguerite faisait les honneurs du pique-nique. Elle plaça le marquis en face d'elle et prit à sa droite Albert, qui ne tarda

11

point à tenir la conversation à peu près seul
avec sa voisine. Thérèse, encore émue de l'entretien si différent qui venait de finir, écoutait, les yeux grands ouverts, ce causeur infa-
tigable qu'elle ne reconnaissait plus et dont
la légèreté lui déplaisait. Jamais, à l'entendre, on n'eût dit que cet homme se fût
appesanti une demi-heure sur un sujet sérieux ou sur un chagrin. On devine facilement ce que voulait ce prétendu disciple
d'Épicure. Chez lui, comme il arrive aux
hommes, la blessure de l'amour était guérie
alors que celle de l'orgueil saignait encore et,
pour empêcher que Clotilde ne pût le croire
malheureux, il dépassait le but, sans prendre
garde qu'il mécontentait Thérèse.

D'ailleurs il mécontentait tout le monde,
ainsi que le font, de nos jours, les causeurs
convaincus ou qui font semblant de l'être.
Clotilde le trouvait trop consolé ; Marguerite
le trouvait trop moqueur ; les convives mas-
culins trouvaient que les femmes le regardaient et l'écoutaient trop. Mistress Crowe,
plus désintéressée et par cela même plus clairvoyante, se demandait :

— A qui en a-t-il? Que lui a-t-on fait? Cet homme n'est plus le même.

La partie s'acheva, pour chacun, dans cet état d'âme où tout plaisir devient impossible, faute de cette condition indispensable à l'amusement : l'accord entre la disposition des esprits et la nature du milieu. Après une courte promenade parmi les ruines, la caravane reprit ses montures et regagna Louqsor, longtemps avant la baisse du jour. Albert, étant à pied, resta pour former l'arrière-garde. Mais, en prenant congé de mademoiselle de Quilliane, il lui avait dit :

— Vous venez de faire connaissance avec un faux Sénac. Quand vous voudrez voir le vrai, songez à la Table de Granit.

Le soir, on dîna en famille, chacun chez soi, sur la *Topaze* et sur la *Nephthys*. Pour la première fois, depuis leur rencontre au Caire, Sénac fut assez près d'une querelle avec le marquis, dont l'excitation nerveuse se trahissait dans chaque parole, et il devina que Clotilde avait fait une nouvelle victime. Il va sans dire que cette découverte le laissa fort calme. Mais fallait-il éclairer Christian? Était-il bon qu'il sût quel rôle avait joué, dans la vie de son ami, la femme qui lui causait déjà cette irritabilité significative?

— Bon ! pensa le jeune homme, laissons dormir ce qui est mort. Le yacht va partir. Qui sait si ce pauvre garçon reviendra jamais en France vivant ? Laissons-lui ce dernier rêve, qui ne peut être bien dangereux.

Pendant ce temps-là, sur la *Topaze*, un entretien plus confidentiel et moins agité avait lieu dans le boudoir de Marguerite.

— Eh bien, Clo, avait-elle dit, non sans un peu d'ironie, le voilà passé, le mauvais quart d'heure, et, à ce qu'il me semble, passé fort doucement.

Madame Questembert était trop femme pour ne pas désirer en elle-même que tout se fût passé un peu moins bien. A ce calme impassible de Sénac, ni son goût pour les émotions, ni son amour-propre n'avaient trouvé leur compte. Elle sentait qu'elle venait de déchoir sérieusement dans l'admiration de son opulente amie.

Réduite au second rôle à côté de Marguerite, sinon par la figure et par l'esprit, du moins par la situation et la fortune, sur un point elle se relevait. L'autre avait ses millions, ses voitures, ses chasses et son yacht ; mais celle-ci avait son crime d'amour et son martyr qui n'était pas, il est vrai, mort du coup, mais qui cherchait vainement l'oubli aux quatre coins du monde. Peu à peu, voyant que madame Questembert l'écoutait avec une envieuse curiosité, elle avait corsé l'histoire, forçant les ombres de son côté, se donnant à elle-même cette auréole de créature fatale que beaucoup de femmes admirent plus chez une amie que l'auréole de la vertu. Cent fois elle avait entendu Marguerite s'écrier en écoutant ces récits dramatiques :

— J'aurais voulu faire aussi une grande passion ! Dis-moi pourquoi tous les hommes m'admirent sans qu'aucun me reste ?

Mais voilà que la « grande passion » d'Albert, vue de près, se réduisait à des proportions plus ordinaires. Le diamant annoncé comme inestimable était un strass peu solide. Clotilde avait voulu en faire accroire à son amie. Comme elle tardait à répondre, sentant bien de quelle hauteur elle tombait,

s'étonnant encore que cette rencontre fût si
différente de ce qu'on devait supposer, madame Lassavielle reprit avec cette sûreté de
main habituelle aux amies :

— Le décor était superbe ; quant au héros,
tu ne l'avais point flatté. Je l'aurais voulu,
seulement, plus pâle de désespoir ou plus
rouge de colère. Mais ce qui nuisait au tableau, c'est la jolie blonde qu'il escortait. Il
me semblait voir Roméo pénétrer dans le
caveau funèbre de Juliette avec une gentille
petite amie sous son bras, et le sourire aux
lèvres.

— Oh ! ma chère, dit philosophiquement Clotilde, je n'ai jamais envié Juliette, et je suis
sûre qu'elle changerait volontiers avec moi, si
on lui donnait à recommencer. « Mieux vaut
berger debout que roi mort. »

Néanmoins, toute la soirée, Clotilde fut son-
geuse. Les paroles de son amie l'avaient
piquée. Elle rêvait au moyen de relever son
prestige, et, à voir le sourire indéfinissable et
léger qui, parfois, errait sur ses lèvres, on
aurait pu deviner que ce moyen ne lui semblait pas hors de portée.

Le lendemain, la *Topaze* dînait à bord de
la *Nephthys*. En même temps qu'une politesse
rendue, c'était un dîner d'adieu, car le yacht
devait appareiller vers le nord deux ou trois
jours plus tard. Depuis longtemps, Quilliane
n'avait pris autant à cœur ses devoirs de
maître de maison. Toute la journée il s'agita
pour organiser une réception digne d'hôtes
habitués au raffinement suprême de l'élégance, Albert l'examinait silencieusement,
tandis qu'il mettait tout en mouvement sur la
*dahabieh*, avec force invectives contre ce bateau sans provisions et contre ce désert sans
ressources. Une fois encore on retrouvait le
beau marquis d'autrefois, ne comptant ni l'or
ni la peine quand il s'agissait de fêter l'idole
du jour. Sénac, redoutant l'excès de fatigue
pour son ami, essaya quelques remontrances,
fort mal reçues. Thérèse était triste et ne
disait rien. Une pensée la consolait :

— Dans trois jours, nous serons délivrés
de cette épreuve.

Le dîner fut médiocre, mais Christian le
trouva détestable. Pour être juste, la gaieté
surtout faisait défaut, comme il arrive quand

il s'agit d'une politesse forcée, aussi bien chez
ceux qui la font que chez ceux qui la re-
çoivent. Albert causa peu cette fois, laissant
à Quilliane le soin de faire ses honneurs. De
son côté, Clotilde était dans un de ses jours
de silence, et son regard noir courait autour
de la table, semblant examiner tous les convives, sauf un seul, celui précisément qui
l'occupait. Quand elle était obligée de répondre, elle le faisait d'une voix dure, trouvant toujours le point faible à relever dans
la phrase qu'on avait dite, ce qui est
d'ailleurs le caractère distinctif des conversations d'aujourd'hui. Quand l'heure fut venue
pour les passagers du yacht de regagner leur
bord, elle murmura ces mots à l'oreille de
son amie :

— Prends le bras du marquis.

Alors, s'approchant de Sénac, elle se trouva,
pour ainsi dire, obligée de s'appuyer sur lui
pour passer la planche et gagner la rive. Mais,
une fois sur la terre ferme, elle se garda bien
de quitter son compagnon, car elle avait résolu
que la journée ne finirait pas avant qu'elle
sût à quoi s'en tenir sur les sentiments

d'Albert à son égard. Elle fit exprès de ralentir le pas ; bientôt ils furent seuls, en arrière de l'autre groupe, cheminant au clair de lune comme ils faisaient jadis quand la vie semblait trop courte pour leur amour, le ciel trop bas pour leurs rêves. Accoudée à la balustrade qui entourait la terrasse, mademoiselle de Quilliane les regardait s'éloigner lentement. Clotilde, chaussée comme une Parisienne qui va dîner en ville, trébuchait à chaque pas dans le sable, ce qui lui permettait de peser lourdement sur son compagnon. Thérèse, à cette vue, sentit en elle une sorte d'indignation mal définie. Cette familiarité si prompte à s'établir la choquait, et cependant elle aurait voulu suivre ce couple dont elle ne pouvait détacher sa pensée.

— Mon Dieu ! soupira-t-elle, comme je serais malheureuse s'il me fallait vivre dans le monde !

Jusque-là elle s'était toujours dit : « Comme je serai heureuse d'être à Dieu !... »

Dès que madame Questembert put parler sans crainte d'être entendue d'un tiers, elle demanda :

11.

— Albert, je voudrais savoir si vous me
détestez.

Sans doute, il s'attendait à la question, car
il répondit, presque avant qu'elle fût achevée :

— En aucune façon. Je suis parti, précisément, pour ne pas en arriver à une haine
mesquine, indigne de moi. Ai-je dit un mot,
durant ces deux jours, qui indique la rancune ?

— Oh ! vous n'avez pas dit un mot qui
indique quoi que ce soit. Cependant il est
impossible que vous n'ayez pas un sentiment
quelconque à mon égard. Je voudrais en
savoir le nom, sans autre commentaire. Allons!
parlez avec votre ancienne franchise.

— Pourquoi ce désir... imprudent ?

— Mais, pour une raison bien simple : vous
êtes l'homme auquel je songe le plus.

— Après votre mari, je suppose ?

— Avant mon mari. Vous voyez que je suis
franche. Imitez-moi.

— Eh bien ! puisque vous êtes si franche,
la question que vous me faisiez, je vous la
retourne. Lorsque vous songez à moi, quelle
est votre pensée ?

— Ah ! mon pauvre ami, s'écria-t-elle,

comme vous m'embarrassez peu! Je regrette
le temps où vous m'avez connue. J'étais heureuse alors, je ne le suis pas aujourd'hui. C'est
bien simple, comme vous voyez. Toutefois, je
me hâte d'ajouter que je ne serais probablement pas plus heureuse avec vous que je ne
le suis avec un autre. Vous avez failli avoir
une étrange femme, allez !

— Mais non, je ne vous trouve pas si
étrange, répondit Albert avec ironie. Vous
êtes une femme vulgairement pratique, bien
faite pour être la bourgeoise que vous êtes
devenue, et la femme riche que vous avez
pensé devenir.

— Il a fallu que je l'entende, le fameux
mot! dit-elle en soupirant, mais sans amertume. Eh bien, oui ! j'ai failli à ma promesse,
je me suis mésalliée, mon mari n'est pas beau,
il n'a pas d'esprit, je ne l'aime pas, et je suis
pauvre ! Voyons, ne trouvez-vous pas dans
tout cela de quoi vous adoucir un peu ? Ne
suis-je pas assez punie ? N'ai-je pas le droit de
vous demander une bonne parole, autre chose
que cette guerre d'épigrammes sourdes?

— Je ne vous fais pas la guerre et je ne

vous la ferai pas, ni à coups de canon, ni à coups d'épingle. Qu'entendez-vous par une bonne parole? Est-ce l'assurance que je n'ai plus de colère contre vous? Je puis l'affirmer, et je ne sais pas mentir. Que voulez-vous de plus?

— Ce que je voudrais... commença-t-elle en faisant un pas vers lui, les mains tendues.

Elle s'arrêta; Sénac n'avait pas tressailli. Dans la demi-clarté qui tombait des étoiles brillantes, elle devina que le jeune homme détournait la tête. Elle ne vit point qu'il cherchait des yeux le fanal de la *Nephthys*.

— Mais regardez-moi donc! cria-t-elle, en frappant le sable du pied. Que craignez-vous? De vous oublier dans l'amour ou dans la colère? Battez-moi; déchirez ma poitrine; renversez-moi sous vos pieds : vous me relèverez dans vos bras. Je vous appartiens, malgré tout, et vous m'aimez encore. On vous avait dit au Caire que je devais venir ici. Avouez-le!...

— Non, sur l'honneur, répondit Sénac. Si j'avais su devoir vous y trouver, je ne serais pas venu.

— C'est mieux encore, fit-elle. Vous voyez

bien que le hasard nous réunit. Vous m'aviez trop aimée, je vous avais trop juré d'être à vous pour que nous pussions finir la vie comme deux étrangers. La destinée qui nous a marqués l'un pour l'autre devait s'accomplir un jour.

Des voix se firent entendre du yacht, hélant les promeneurs attardés. On distinguait l'organe de Christian, qui trouvait sans doute la conversation trop longue.

— Nous voilà ! répondit Albert.

La jeune femme serra les poings avec dépit.

— Promettez-moi, dit-elle, que vous viendrez me voir demain.

— Je ne fais point les promesses que je ne compte pas tenir. Croyez-moi, oublions cette rencontre. Dans quelques jours vous serez loin d'ici, rendue au monde, à vos plaisirs. Moi je suis condamné pour plusieurs semaines encore à la solitude de ces ruines...

Clotilde, subitement, poussa une exclamation ironique :

— Ah ! les ruines ! la solitude ! voulez-vous que je vous en délivre ? Dites un mot. Les Lassavielle vous emmèneront avec eux.

Il répondit, plus révolté par cette moquerie
qu'il ne l'avait été par tout ce qu'il venait
d'entendre :

— Vous ne me croyez pas sincère quand je
parle de mon séjour ici comme d'une chose
méritoire : vous avez raison. Je m'y plais ;
j'espère y rester longtemps. J'y trouve des
études qui m'intéressent, la joie d'être utile à
un ami...

— Et le plaisir d'être agréable à sa sœur.
Vous passeriez des mois ainsi, n'est-ce pas ?
Les idylles sont dans vos moyens, j'en sais
quelque chose. Mais si vous voulez faire durer
celle-ci, peut-être serait-il de votre intérêt de
me traiter avec plus de... prudence.

— Je ne comprends pas.

— Je le vois bien. Vous avez connu Clotilde
de Chauxneuve, mais vous ne connaissez pas
la nouvelle Clotilde. Celle-là, voyez-vous, il
ne faut pas l'avoir contre soi. Allons ! je vous
attends demain. Nous ferons la paix et nous
nous quitterons bons amis.

— Non ! répéta Sénac.

— Soit, dit-elle. Attendez-vous, alors, à
trouver de l'imprévu dans vos projets.

Ils se quittèrent sans se toucher la main. Albert gagna directement l'hôtel où il avait une chambre. Tout en marchant il se disait :

— Quelle délivrance, quand cette méchante femme aura disparu ! Quel bonheur quand *nous* serons seuls !

Thérèse attendit son frère, qui ne rentra sur la *Nephthys* qu'une heure plus tard. Il semblait fort excité, presque furieux.

— J'ai à te gronder, lui dit-elle. C'est une folie d'être resté sur la rive du fleuve si longtemps, à dix heures du soir !

— Où prends-tu que je suis resté sur la rive ? grommela-t-il.

— J'avais cru voir des ombres, de loin...

— Les ombres que tu as vues sont celles de Sénac et de madame Questembert, dit le marquis entre ses dents. Examine mieux une autre fois.

Il se retira laissant Thérèse tout interloquée de cette boutade. Quant à mistress Crowe, elle regardait devant elle, abasourdie, ne comprenant rien à ce qui se passait sous ses yeux.

## XII

Le lendemain, Sénac vint prendre sa place au déjeuner de la *Nephthys*, où chacun le reçut avec une froideur glaciale. Du côté de Christian, la bouderie ne l'étonnait qu'à moitié; il en avait assez vu pour comprendre qu'il avait rendu son ami jaloux et, certes, bien malgré lui. Mademoiselle de Quilliane, selon toute apparence, voulait réagir contre la dissipation mondaine des jours précédents; elle ne levait pas les yeux de son assiette. Mais pourquoi ces regards furibonds de mistress Crowe, et cette indignation contenue qui la rendait plus rouge encore que d'habitude?

Albert, en vrai philosophe, laissait passer avec résignation cet orage sans tonnerre et sans pluie.

— Tout ira mieux, pensait-il, quand le yacht aura démarré, lui et sa funeste passagère.

Lui-même, d'ailleurs, se sentait presque heureux. Il ne regrettait plus son séjour en Égypte depuis qu'il se sentait guéri de l'épuisante maladie, faite d'amour et de rancune, dont il souffrait depuis deux ans. Toutefois il était forcé de convenir qu'il n'avait fait que changer de souffrance, et que son mal s'appelait Thérèse au lieu de s'appeler Clotilde. Que lui réservait l'avenir?... Mais il ne voulait pas songer à l'avenir. Il voyait devant lui plusieurs semaines d'une grande joie. Sans doute il n'avait aucune raison d'espérer qu'il eût touché le cœur de mademoiselle de Quilliane, mais, en ces deux jours, quel progrès dans son amitié! En ce moment, le seul bonheur qu'il éprouvait d'être assis près d'elle, de la voir, de l'entendre, lui tenait lieu de tout le reste. Dans ce désert, il lui semblait

que Thérèse était à lui seul, et l'obstacle re-
douté, fatal, qui devait les séparer un jour,
était si loin !

Le déjeuner fini, Christian, sans mot dire,
quitta la cange et se dirigea vers la *Topaze*.
Mademoiselle de Quilliane s'installa sur la
dunette, à sa broderie ; mistress Crowe appela
son tricot à son secours contre la somnolence ;
Albert prit un livre et lut à haute voix, sachant le plaisir que la jeune fille trouvait à
ces lectures.

Et, de fait, au bout de quelques minutes
ces trois êtres se sentaient plongés de nouveau dans le calme délicieux qu'ils goû-
taient à être ensemble, dont ils jouissaient
chacun selon sa nature. Bientôt le livre fut
mis de côté pour la causerie. Jusqu'à la nuit
tombante, la future novice des bernardines et
l'ancien amoureux de Clotilde s'entretinrent de
mille sujets, mais, pas une fois, le mot de
couvent ne fut prononcé, ni le nom de madame Questembert.

Celle-ci, pendant ce temps-là, causait dans
le boudoir du yacht avec le beau Quilliane. Ils
étaient seuls ; les deux maris chassaient sur la

rive; Marguerite Lassavielle soignait une migraine dans sa chambre, et, s'il faut en croire
les apparences, Clotilde n'en était plus à trouver
qu'aucun autre homme que Sénac ne pouvait
l'intéresser en ce monde.

Le soir, à dîner, les quatre passagers de la
*Nephthys* n'étaient plus reconnaissables auprès
de ce qu'on avait vu le matin. La gaieté ré-
gnait autour de la table ; ce n'était que plaisanteries et sourires. Thérèse était sortie de
son austère méditation. Mistress Crowe avait
repris sa bonne opinion sur Sénac. Enfin le
marquis revenait du yacht avec une grande
nouvelle qui éclata au dessert, comme un
coup de foudre, et mit quelque changement
dans les dispositions générales.

— Mes enfants, dit-il en affectant plus d'assurance qu'il n'en avait, je vous prie maintenant d'être sérieux. Une proposition nous est
faite sur laquelle nous devons délibérer. Vous
savez, je pense, que la *Topaze* part après-
demain ?

Ce nom seul, comme si déjà il eût été mau-
dit, amena dans l'assemblée un silence de
mort. Le marquis, peu content de la sympa-

thie de son auditoire, continua d'un ton plus
nerveux :

— Les Lassavielle nous offrent de nous
donner la remorque jusqu'au Caire. Je suis
d'avis qu'il ne faut pas manquer ça. Nous
gagnons deux ou trois jours de route, sans
compter le temps que peuvent nous faire
perdre les coups de vent contraire et les bancs
de sable. Qu'en dites-vous?

Personne ne répondait. Thérèse, Albert,
mistress Crowe, se regardaient avec des yeux
moitié surpris, moitié désolés. Jamais proposition faite dans une assemblée ne souleva
moins d'enthousiasme. Sénac, le premier, prit
la parole :

— Mais nous ne faisons que d'arriver, dit-
il, et je croyais que tu devais passer l'hiver
ici?

— Passer l'hiver à Louqsor ! dit Quilliane
en levant les épaules. C'est bien pour toi qui
peux marcher toute une journée sans boire ni
manger, dormir dans une grotte, et te priver
de la vue de tes semblables. Quant à moi, s'il
faut rester ici une quinzaine de plus, je de-
viendrai fou. Cette rive desséchée, ces cabanes

de terre, ces ruines branlantes, ces Anglais rubiconds ou agonisants, tout, jusqu'à l'enseigne de ce photographe qui me tire l'œil d'un bout du jour à l'autre, oui, tout me porte affreusement sur les nerfs.

— Cependant tu vas mieux, dit Thérèse, qui n'avait pas quitté son frère du regard.

— Oui, je vais beaucoup mieux, répondit le marquis en se mirant dans une glace. Et comme c'est, je pense, à cause de moi et non pour votre plaisir que vous resteriez ici, j'espère ne déranger personne en parlant de départ.

Albert seul comprit l'ironie déguisée qui se cachait dans ces mots. Subitement la lumière se fit dans son esprit. Clotilde entrait en scène et se vengeait de son humiliation de la veille. Repoussée par Albert, elle n'entendait pas qu'il fût heureux, même quelques jours, aux côtés d'une autre. En se faisant suivre de Quilliane, au risque de le tuer, elle détruisait tout l'espoir de Sénac, deviné par elle. Pour la première fois, celui-ci touchait du doigt cette vérité : qu'il ne faut pas avoir une femme pour ennemie.

Pendant une heure la discussion se prolongea, si toutefois on peut appeler discussion un colloque dans lequel personne ne veut ou ne peut révéler sa pensée. Christian n'avait garde de raconter par quelles infernales coquetteries, par quelles promesses séduisantes madame Questembert venait de l'enchaîner à son char. Thérèse, troublée par un scrupule nouveau, craignait de ne pas songer uniquement à son frère en combattant l'idée de ce départ subit. Sénac, au moindre mot qu'il disait en faveur d'une prolongation de séjour à Louqsor, voyait la colère s'allumer dans les yeux de son ami dont il devinait l'asservissement. Mistress Crowe n'avait pas voix au chapitre. En fin de compte, il devint évident que la décision du marquis était prise, qu'il ne consultait ses compagnons que pour la forme, et que, dût la *Nephthys* rester où elle était, il fallait s'attendre à le voir accepter une cabine sur le yacht. Dans ces conditions, toute résistance était vaine et, comme il arrive souvent, la sagesse fut entraînée par la folie.

Albert gagna son hôtel dans un état de découragement d'autant plus douloureux qu'il se

croyait, quelques heures avant, délivré de la
mauvaise étoile de sa vie. En vain il cherchait
à voir les choses froidement. Il se représentait à lui-même qu'il s'agissait seulement
d'une anticipation de quelques semaines sur
des événements inévitables. Tôt ou tard il devait quitter Thérèse ou, pour mieux dire,
celle-ci devait le quitter en même temps
qu'elle quitterait le monde. Elle ne pouvait
pas être à lui : là résidait le malheur, non
dans une séparation un peu plus prompte,
non dans la perte de quelques heures d'une
intimité sans espoir. Ne valait-il pas mieux
en finir sans plus tarder ? La souffrance ne
serait-elle pas d'autant plus vive que le sacrifice viendrait plus tard ?

Ainsi lui parlait sa raison, mais, malgré
tout, il sentait son cœur brisé par une déception très amère.

— Qui sait, pensait-il, ce qui serait arrivé
si j'avais pu la voir, l'entretenir de longues
heures, chaque jour, pendant un mois ? Hélas! en ce moment elle est heureuse! Elle
remercie Dieu! Elle songe qu'elle va faire les
premiers pas pour se rapprocher de la maison

où elle doit vivre et mourir, en oubliant jusqu'à mon nom...!

Albert se trompait, Thérèse de Quilliane
n'était pas heureuse. Elle ne remerciait pas
Dieu. Elle n'était plus à genoux devant sa
Vierge bénie, car ses lèvres seules avaient
murmuré des mots qui ne passaient point par
son cœur. Elle marchait dans sa chambre, la
tête en feu, ne se reconnaissant plus, surprise,
humiliée, désespérée en découvrant qu'elle *ne
pouvait pas* se réjouir de voir approcher l'heure
où elle se retrouverait seule avec son frère,
plus près de Dieu.

Le lendemain, dans la matinée, Albert dut
vaquer à des soins de tout genre en vue du
départ fixé au jour suivant. Comme il était
dans la boutique du photographe, occupé à
choisir des vues de Louqsor et de Karnak, il
vit tout à coup entrer Clotilde qui s'avança
vers lui, la main tendue, comme si rien d'extraordinaire ne se fût jamais passé entre eux.
Il salua la jeune femme sans toucher ses
doigts.

— Oh! mon pauvre ami, dit-elle avec son
plus charmant sourire, c'est donc tout à fait

sérieux? Vous m'en voulez à mort? Est-ce
que, par hasard, vous supposeriez que je suis
pour quelque chose dans le départ des Quilliane
et dans le vôtre?

— Vous ne savez pas si je pars, riposta
Sénac d'un ton passablement rude.

— Mais si, cher monsieur, elle part, nous
partons, vous partez, ils partent. Sans cela
vous ne seriez pas ici, occupé à collectionner
vos souvenirs pour votre album. Sont-ils délicieux, au moins?

Elle eut un éclat de rire argentin qui montra toutes ses dents. Albert, on peut le croire,
n'avait pas envie de rire.

— Entre nous, fit-elle, vous manquez de
philosophie et d'expérience. Vous avez l'air
tout déconfit. Cependant, pas plus tard qu'a-
vant hier, je vous avertissais de compter sur
l'imprévu. Je parlais sérieusement, comme
vous voyez.

— Je ne vous aurais pas crue « sérieuse »
au point de tuer un homme pour un jeu de
méchanceté ou de coquetterie.

— Tuer un homme? Ah! Vous parlez du
marquis? mais il prétend tout le contraire.

A l'entendre, je le tuerais en partant sans lui.
Qui croire? Dans tous les cas, la faute retom-
bera sur vous. Est-il possible que vous connaissiez si peu les femmes en général et en
particulier votre servante? J'étais toute re-
muée en vous revoyant. Avec trois mots,
quitte à ne pas les penser, et une promesse,
quitte à ne pas la tenir, vous auriez fait de
moi tout ce que vous auriez voulu. Au fond,
je ne peux pas vous empêcher de vous promener avec une jolie personne en Égypte, surtout
quand vous me croyiez en France.

Albert lui dit, par une sorte de bravade
qu'il ne put retenir.

— Je vous savais en Égypte. J'ai vu votre
photographie chez Sébah, au Caire, en y arrivant. Mais à quoi bon tant de paroles? Je
n'ignore pas qu'une puissance presque infinie
pour le mal appartient aux femmes sans pré-
jugés, et vous êtes de celles-là. Triomphez de
votre empire sur la faiblesse d'un autre. Sur
moi vous ne pouvez rien.

Il rallia la *Nephthys* à l'heure du déjeuner et ne dit pas un mot de la rencontre qu'il
venait de faire. Aussi bien nul ne songeait à

raconter ses propres histoires ; les préparatifs
du départ absorbaient toute l'attention sans
exciter aucune joie, sauf chez un seul : Quilliane, qui, tournant au tyran, exigea que sa
sœur fît une visite aux Lassavielle pour les
remercier de vouloir bien remorquer la cange.
Les deux femmes reçurent Thérèse ; Marguerite
l'examina comme un oiseau rare ; Clotilde s'a-
musa d'elle comme un chat d'une souris, et se
donna le plaisir de lui raconter qu'elle avait
passé la matinée à courir les boutiques avec
Albert.

Assurément la chose n'avait rien qui pût
offrir de l'intérêt pour une future novice des
bernardines. Cependant Thérèse était tellement déconcertée ce soir-là, qu'il est impossible de dire ce qui serait arrivé si l'on eût
trouvé des couvents à Louqsor. Mais, fort
heureusement, on n'y trouve que des momies.

## XIII

Le lendemain, à la fin du jour, Sénac était assis tout seul à la proue de la *Nephthys* dont le pont restait presque désert, car l'équipage désormais inutile avait été, pour la plus grande partie, débarqué à Thèbes.

A gauche, le soleil venait de disparaître, oubliant au ciel une bande lumineuse de la couleur du soufre en fusion, légèrement ternie par le voile aérien du sable toujours suspendu sur le désert. Une zone plus large, d'un jaune d'or pâle, montait avec une infinie gradation de nuances jusqu'au zénith déjà paré des

gazes violettes que la nuit d'Orient, sultane
amoureuse empressée de rejoindre son royal
époux, laisse flotter une minute à peine.

Sur la droite, l'azur troublé prenait les
teintes de la turquoise mourante, comme si
l'astre disparu venait d'emporter sa vie. Et,
des deux côtés du fleuve, sur la gloire de
l'Occident radieux, sur la tristesse de l'Orient
désolé, une silhouette crue dessinait les profils
anguleux des falaises, les molles inflexions des
collines de sable, les aiguilles des palmiers
surmontés de leur panache touffu et très sombre.

Nul bruit, sinon le murmure de l'eau toute
rose fuyant le long du bord. Plus de *derboukah*
plus de *zamarra*, plus de chants, plus de
danses! Les grandes voiles dormaient autour
des antennes inclinées. La cange semblait morte.
Le rêve poétique du voyage avait cessé. Un
flot de fumée noire sortant des fourneaux de la
*Topaze,* un long câble garrottant la proue de
la *Nephthys* prisonnière, entraînée rapidement
dans le sillage de l'hélice bouillonnante, voilà
ce qui remplaçait l'aile du vent et les *elessah*
sonores des matelots courbés sur leurs longues
rames.

                                            12.

Sénac voyait tous ses espoirs s'envoler l'un
après l'autre. Quelques heures plus tôt, il
comptait sur des semaines d'un bonheur mé-
langé d'angoisse et cependant sans égal au
monde. Puis, il avait fallu dire adieu à ce
rêve et se contenter de quatre jours, le temps
de la descente de Louqsor au Caire. Du moins
ces quatre jours seraient, il l'avait cru, des
jours inoubliables. Il savait que Christian ne
quitterait pas le yacht; il espérait avoir Thérèse pour lui seul pendant ce trajet trop court.

En effet, Quilliane, dès le moment du départ
s'était installé sur la *Topaze* qu'il devait ne
quitter qu'à la fin du jour. Thérèse, invitée à
suivre son frère, s'était excusée sur les ennuis
du transbordement. Albert avait eu d'autant
moins de peine à refuser, qu'on l'avait engagé
seulement pour la forme.

Jusque-là tout allait bien. Mais, au premier
mot répondu par mademoiselle de Quilliane à
son salut du matin, il avait compris qu'elle
voulait se ressaisir toute entière après s'être
donnée si peu. Ce n'était pas qu'elle écartât le
jeune homme de sa présence ou qu'elle sem-
blât fuir l'entretien avec lui; mais, quoi qu'il

essayât, au bout de quelques phrases, elle revenait à son sujet unique.

Entre eux, durant l'après midi, l'escarmouche désolante avait recommencé vingt fois. D'abord il avait cru qu'elle se lasserait ou qu'elle aurait pitié de lui. Tout au contraire, elle prenait plaisir à insister sur les détails les plus inhumains de son sacrifice volontaire. Elle en vantait les douceurs avec une voix dont les vibrations étranges, parfois douloureuses, démentaient parfois ses yeux brillants d'un éclat voulu de contentement. Alors il tâchait de savoir quel souffle glacial avait tué le sourire timidement éclos sur cette bouche charmante, quelques jours plus tôt.

— Pourquoi n'êtes-vous déjà plus de ce monde? lui demandait-il. Pourquoi semblez-vous me reprendre votre amitié? Quel changement est survenu?

Elle répondait en regardant le guidon rouge du grand mât du yacht:

— Ne voyez-vous pas que nous avons maintenant la proue tournée vers le port où l'on m'attend? Comment détournerais-je ma pensée de ce qui est le but de ce dernier voyage? Par la porte qui va s'ouvrir bientôt, il faut que rien ne passe de terrestre et d'humain.

Quelquefois, pour fuir une épreuve qui le brisait inutilement, Albert allait s'asseoir à la proue de la *Nephthys*. Mais bientôt, voyant les rives se dérouler trop rapidement, il songeait que l'heure était proche où il pleurerait ces minutes amères comme un bonheur perdu. Il regagnait la dunette, espérant toujours surprendre le pli d'une émotion, l'ombre d'une pitié sur le front de marbre de Thérèse. Mais il la trouvait plongée dans la lecture d'un livre pieux qu'elle déposait à son approche, avec l'indifférence morne d'une tourière qui reçoit un étranger au parloir.

Ainsi s'écoula cette première journée de retour. Quand le soleil fut près de se coucher, Albert s'écria, oubliant la présence de mistress Crowe :

— Comptez-vous donc, pour gagner un mérite de plus, sur le mal que vous me faites?

Il n'avait pas fini de parler que mademoiselle de Quilliane répondit :

— Que n'allez-vous sur le yacht avec mon frère, puisque vous souffrez ici?

Peu s'en fallut qu'il ne cédât à la colère que ces mots avaient éveillée en lui. Peu s'en fallut qu'il ne racontât quelle femme était sur la *Topaze*, ce qu'elle avait fait autrefois, ce qu'elle venait de faire encore, ce qu'elle achevait à cette minute. Mais le gentilhomme garda le secret imposé par l'honneur. Il s'enfuit sans rien dire, avec un geste d'accablement. Il gagna la proue solitaire et tandis que le jour mourait derrière la muraille des collines Libyques, il sentait une nuit plus sombre encore s'épaissir sur son cœur.

— Ainsi donc, gémissait-il, je ne serai jamais du nombre de ceux qui sont aimés! Deux femmes ont désespéré ma vie; elles m'ont repoussé, l'une pour un autre homme, celle-ci pour Dieu! Comme je lutterais, à cette heure, si la lutte était possible! Mais, hélas! contre ce dernier rival, que peut l'amour humain!

La brise se levait, apportant à son oreille les sons d'un piano et les notes de la voix chaude de Clotilde. Cette mélodie qu'elle chantait à Christian, il la reconnut aussitôt. Bien des fois, lui-même l'avait entendue, à genoux près de sa fiancée d'alors, les yeux

errants de ses mains satinées à ses prunelles
sombres. Il ne put s'empêcher de dire tout
haut :

— Est-ce une moquerie que tu m'envoies?
Est-ce un appel que tu m'adresses, malfaisante
créature?

Et toujours la *Nephthys* fuyait, l'emportant
comme un captif, parce qu'il n'avait pas voulu
rendre visite à Clotilde sur le yacht, afin
qu'elle pût dire à son amie : « Le voilà; il
est à mes pieds; je l'ai reconquis. »

A cette heure, des rocs à pic très élevés
dominaient le fleuve où la nuit était obscure.
Un coup de hache au câble, et la cange restait là, bercée durant de longues heures au
gré de l'eau sombre...

— Qu'est-ce que j'y gagnerais? pensa le
triste amoureux. Ah! plutôt, que l'hélice
tourne, tourne sans relâche, pour que les
heures de ta folie soient abrégées, cœur
insensé !

Deux autres journées s'écoulèrent semblables.
Dès que l'heure le permettait, Quilliane faisait
un signe : le canot du yacht venait le prendre,
pour ne le ramener qu'à l'heure du couvre-

feu. Il s'excusait à demi en disant à ses hôtes :

— Vous me sauvez la vie. Entre le chapelet de ma sœur et les cigarettes silencieuses de notre compagnon, j'avalerais ma langue. En voilà deux qui ne sont pas drôles en voyage !

On l'accueillait obligeamment, avec cette nuance d'intérêt poli qui marque le suprême effort de la charité mondaine envers ceux qu'elle juge condamnés. Les femmes le trouvaient distingué. L'une s'en parait aux yeux de l'autre comme d'une conquête ; la seconde s'en amusait comme d'un spectacle. Elles avaient entendu dire que le beau Quilliane avait remporté des victoires sans nombre. Elles l'étudiaient avec curiosité, tâchant de surprendre en lui quelque reflet des aristocratiques amoureuses, des aventures passées.

Quant aux deux maris, ils l'appelaient « ce pauvre diable de Quilliane », hors de sa présence bien entendu, n'en prenant nul ombrage, en quoi l'un des deux au moins avait raison. Ils s'accordaient sur le compte de Sénac : c'était « un poseur », et le marquis, secrètement jaloux, mettait une certaine mollesse à défendre son ami. Enfin Thérèse était rangée parmi ces phénomènes dont on évite de parler parce qu'on ne peut les comprendre.

Le quatrième jour, à midi, le yacht et la *dahabieh* débarquaient leurs passagers au quai de Boulaq. Vainement Albert avait tâché de découvrir les projets du marquis ou même de se rendre un compte exact de l'état de sa santé. Le malade, à coup sûr, allait mieux ; toutefois on pouvait craindre que cette amélioration ne fût éphémère et trompeuse, ainsi qu'il arrive trop souvent pour les consomptifs après un brusque changement de climat. De toute évidence, Quilliane devait prolonger son séjour au Caire deux mois encore. La question, pour Sénac, était de savoir ce qu'il ferait lui-même. Pouvait-il rester en Égypte ? Il sentait bien que la position n'était plus la même qu'avant le voyage du Haut-Nil. Christian l'avait pris en grippe et subissait, à cette heure, comme une obligation, l'intimité dont il déclarait ne pouvoir se passer quelques semaines plus tôt. Enfin Thérèse, rentrée dans sa maison, n'étant plus soumise aux contacts forcés d'un voyage en commun, n'allait-elle pas indiquer son désir de voir ses relations avec Albert au moins plus espacées? Mais une chose importait sérieusement dans les circonstances : quels étaient les projets de Clotilde et de ses compagnons?

L'incertitude ne fut pas longue à se dissiper.

Le troisième jour après la nouvelle installation des Quilliane dans leur petite maison de l'Ismaïlieh, Christian dit à son ami, tandis qu'ils fumaient leur cigare en sortant de table :

— Je t'annonce que Lassavielle me propose de nous ramener en France sur son yacht, Thérèse, mistress Crowe et moi. Tu comprends que j'accepte. On n'a pas souvent l'occasion de faire une traversée dans des conditions aussi douces.

— Tu reviens en France avant la fin de février? s'écria Sénac. Tiens, tu es fou !

Le marquis parut plus embarrassé qu'irrité de l'apostrophe.

— Mais nous allons finir l'hiver à Cannes, expliqua-t-il.

— De qui veux-tu parler en disant : *nous?*

— De... mes amis et de moi.

— De ta sœur aussi, je présume?

— Oh! si tu crois que Thérèse va se prêter
si facilement à mes convenances! Nous en
avons causé ce matin. Dès qu'elle aura mis
le pied sur la terre ferme, elle prend le chemin
de fer avec mistress Crowe, et en route pour
le couvent !

— Est-ce bien toi qui parles? dit Albert.
Toi que j'ai vu pleurer de désespoir à l'idée
que mademoiselle de Quilliane veut abandonner le monde et te quitter?

— Tu connais mieux que personne l'effet
produit sur elle par mon désespoir. Elle est
majeure, mon ami; je ne peux pas l'empêcher
d'en faire à sa tête.

— Non; mais en restant ici, tu la garderais
quelque temps encore. Par ce départ, tu préci-
pites ses projets. Ne me dis plus jamais que tu
la regrettes!

Sénac se promenait de long en large dans le
fumoir. Il semblait outré et, de fait, sa colère
était violente, mais ce n'était pas à Christian
qu'il en voulait le plus. Celui-ci, piqué au
vif, riposta par une attaque directe :

— Mon cher, je te vois de fort mauvaise
humeur contre moi, mais ce n'est pas ma

faute si Thérèse préfère les moustaches de sa tante de Chavornay aux tiennes. Je n'ai pas grand mérite à dire que je t'aurais accepté avec joie pour beau-frère. Je crois même pouvoir ajouter que tu as eu le temps et la liberté de plaider ta cause. Laisse-moi te demander si pousser les choses plus loin serait le fait de... d'un homme de ton éducation et de tes idées ?

— C'est bien, fit Albert en interrompant tout à coup sa promenade. Je comprends que tu m'invites à ne pas compromettre ta sœur plus longtemps. L'idée n'est pas de toi... ni de mademoiselle de Quilliane.

— Tu vas tout de suite chercher les mots les plus forts. Je ne te reproche rien. Mais tu ne peux trouver extraordinaire qu'en te voyant témoigner à ma sœur une attention... un peu exclusive, on en vienne à supposer...

— A supposer que je l'aime de toutes mes forces, que je donnerais toutes les autres femmes pour un de ses cheveux ? Mais, mon ami, c'est mieux qu'une supposition : c'est la vérité toute pure et je m'en fais gloire. Et je connais un homme, tout au moins, qui versera des larmes de sang, le jour où tout sera consommé.

— En six semaines, tu as bien changé, dit Quilliane d'un air caustique.

— Toi aussi, tu as changé, et d'une façon moins salutaire malheureusement. Écoute-moi, Christian, nous sommes de vieux amis; j'ai le droit de te faire entendre la vérité. Une femme s'est emparée de toi. Tu es devenu son jouet; tu ne te doutes pas de ce qu'elle cherche en t'attirant après elle. Que t'a-t-elle donné? Que t'a-t-elle promis? Je ne veux pas le savoir. Ce qui est certain, c'est qu'elle jongle avec ta vie. Reste ici; ménage ta santé; garde ta sœur. Moi je partirai, puisque cette femme le veut; car elle le veut, ne me dis pas le contraire. En la suivant, tu cours à la mort. Ne le comprends-tu pas? Oui, je le sais, l'entraînement chez toi est au paroxysme. Jamais, au plus beau temps de ta vie d'aventures, tu n'as désiré une femme comme tu désires celle-là. Demande à ton médecin ce que signifie cette rage voluptueuse. Demande-lui où elle te mène...

Quilliane interrompit cette tirade en mar-

chant sur son ami les poings fermés, la figure
assombrie par une résolution farouche. Il dit,
en respirant avec effort, comme s'il venait de
fournir une course fatigante :

— Je sais tout cela. Je sais que je suis
perdu. Laisse-moi crever en paix, à ma façon.
J'aime cette femme!... J'en mourrai ; j'en
meurs, que t'importe? Préfères-tu pour moi
le pistolet ou le poison? Et crois-tu que je
suis homme à trépasser comme un poète fa-
mélique, en crachant mes poumons peu à
peu ?

Albert comprit que ce malheureux était
perdu en effet. Un moyen restait, qu'il fut
sur le point d'employer : faire connaître à
Christian ce que valait cette femme. En regardant son ami, dont l'excitation avait quelque
chose d'effrayant, il sentit que le remède serait encore plus dangereux qu'inutile. Cependant il ne pouvait partir sans avoir tout essayé
pour empêcher la dernière folie d'être commise. Il rentra chez lui et fit porter à la
poste ce billet adressé à Clotilde :

« Je vous attendrai demain matin, de dix
à onze heures, à la pointe de l'île Gezireh,

du côté des Pyramides. Je vous demande ins-
tamment de venir. »

A l'heure désignée, Albert vit une voiture
de louage déboucher du pont, quitter la
grande route, et se diriger vers l'endroit désert qu'il avait choisi pour l'entrevue. Deux
femmes occupaient la victoria ; l'une d'elles
descendit : c'était Clotilde. Madame Lassavielle, sa compagne, fit un signe du bout de
son ombrelle au cocher qui s'engagea lentement dans une allée voisine. Il est des ser-
vices qu'on ne se refuse pas, entre amies ;
l'héroïne de l'aventure avait besoin d'un cha-
peron, sans compter qu'elle n'était point fâchée de montrer sa victime pieds et poings
liés. Sénac le comprit, et la belle humeur où
il était déjà n'en fut point adoucie. Après un
salut rapide, il entra dans le vif de la question.

— Savez-vous, dit-il, que Christian de Quilliane est un homme mort s'il retourne en
Europe avant deux mois ?

Madame Questembert devint vraiment belle
d'audace et de méchanceté triomphante. Elle
répondit, en regardant Albert dans les yeux :

— Ainsi, vous m'avez fait venir pour un sermon? Je l'aurais parié ! Mais j'ai du plaisir à vous voir, même dans ce rôle austère. Et puis, vous ne me laissez guère le choix des occasions. Entre nous, j'avais un peu compté sur celle-ci...

Elle prit le bras de son interlocuteur le plus naturellement du monde, et ils marchèrent entre deux champs de dourah dont les tiges les dérobaient à tous les yeux comme le taillis d'une forêt. Sénac se laissait conduire sans protester, tant il était anéanti de cette assurance; il se taisait, cherchant ses mots, comprenant qu'il avait affaire à un auditeur mal préparé. La jeune femme rompit le silence la première.

— Voyons ! dites quelque chose. Grondez, maudissez, menacez. Je vous préviens que j'écouterai la voix sans entendre les paroles. C'est un talent que j'ai. Je peux n'apercevoir dans la vie que ce qui me plaît. Tous les sermons et toutes les vérités de la terre n'empêcheront pas qu'il fait beau, que cette vue est superbe, que je suis avec vous, et que je me sens heureuse.

— Vous avez donc aussi le talent de ne pas penser ?

— Cher ami, c'est le talent le plus utile que puisse acquérir une femme comme moi,. après celui de copier le chapeau ou la robe d'une amie pratiquant les bonnes faiseuses. Autrement, on ne viendrait pas à bout de vivre, et je veux vivre ; et je suis décidée à tout faire pour mettre de l'agrément dans ma vie.

— Fort bien : mais laissez vivre les autres. Et je vous répète que vous commettez un meurtre en encourageant ce malheureux Quilliane à vous suivre.

— Bah ! fit-elle avec une mine charmante, un homicide par imprudence, tout au plus. Et encore, c'est vous qui l'avez sur la conscience. Daignez vous souvenir de notre conversation à Louqsor, un certain soir. Je n'ai rien pu tirer de vous. Tout le monde, Dieu merci ! n'a pas le cœur si dur.

Sénac essaya d'employer la flatterie. D'une voix moins rude, il dit :

— Eh bien, vous avez votre revanche. Vous avez rendu un homme complètement fou, en quelques jours. Je ne vous en avais pas défié.

Je n'ai jamais prétendu que vous n'êtes pas dangereusement belle.

— Plus belle que mademoiselle de Quilliane? demanda-t-elle en s'arrêtant, le visage tourné vers son compagnon.

Albert avait décidé de rester maître de lui. Il répondit :

— Belle... autrement, à coup sûr. Mais il n'est pas question de cette jeune fille. Elle ne vous a point fait de mal. Ne lui prenez pas son frère dont la vie est entre vos mains. Quitter l'Égypte en ce moment, c'est la mort pour lui, je vous le répète.

— Et, si je pars seule, aurai-je de vous une récompense?

— Si vous faites cela, j'oublierai tout.

— Oh! répondit-elle, ce n'est pas l'oubli que je demande, car je me souviens, moi, depuis que je vous ai revu. Si vous tremblez si fort pour votre ami, sacrifiez-vous à sa place. J'accepte l'échange des prisonniers.

— Alors, dit Sénac en se séparant d'elle violemment, que votre crime retombe sur votre tête !

Il s'éloignait, incapable de se surmonter plus

lóngtemps. Elle le rappela d'un ton impérieux.

— Monsieur de Sénac, un homme bien élevé ne fait pas ce que vous allez faire: Je suis venue ici parce que vous m'avez appelée. Reconduisez-moi jusqu'à ma voiture, s'il vous plaît.

Le jeune homme obéit, subjugué par ce sang-froid imperturbable. Tout en marchant à côté de cette ennemie habile à profiter de ses avantages, il lui demanda :

— Ne devinez-vous pas que je vais essayer de guérir Quilliane en lui racontant ce qui s'est passé jadis entre nous ?

— Mon Dieu ! dit-elle, je ne vois pas trop en quoi l'histoire l'intéresserait. Il ne songe point à m'épouser, et je tiens de sa bouche que la perversité chez une femme est un piment qui l'excite. D'ailleurs, vous ne ferez pas cette chose déshonorante, je suis tranquille, allez !

— Voilà, murmura Sénac, la véritable infériorité de la femme sur nous. L'honneur, pour elle, est un étroit fossé, profond sur un seul point. Pour nous, c'est une muraille infranchissable et menaçante, qui nous arrête à chaque pas.

— Oui, répliqua Clotilde qui avait réponse

à tout. Mais l'honneur, qui vous défend tant de choses, vous permet d'aimer, quand vous voulez, qui vous voulez, comme vous voulez. A la femme, l'honneur ferme une seule route : celle de l'amour. Aussi, dans notre prison aux cent portes, nous sommes des esclaves. Dans la vôtre, avec une seule issue, vous êtes heureux, libres, sévères surtout. Allez ! il est juste que, parfois, vous connaissiez aussi la souffrance. Vous souffrirez.

En disant ces mots, Clotilde congédia son compagnon. La voiture l'attendait à quelque distance. Elle y monta et Dieu sait ce qu'elle raconta ou ce qu'elle laissa deviner à son amie. Bientôt l'équipage eut disparu sous les grands acacias de l'avenue du Kasr-el-Nil.

Dans l'après-midi du même jour, Sénac se rendit chez les Quilliane pour faire ses adieux à Thérèse, car il avait résolu de partir le soir même pour Alexandrie et pour la France. Il espérait que son éloignement mettrait fin aux hostilités, que madame Questembert, le sachant loin de Thérèse, renoncerait à se servir du marquis comme d'un otage.

La jeune fille était seule avec mistress

Crowe. Elle paraissait plongée dans un accablement qu'Albert attribua aux projets absurdes
de Christian.

— Je ne puis vous garder longtemps, dit-
elle. Nous partons dans deux jours. Le temps
suffit à peine pour les dispositions qu'il faut
prendre. Jamais vous ne saurez combien je
suis reconnaissante de ce que vous avez fait
pour mon frère. Pauvre Christian! Où va le
conduire, où va nous conduire tous ce caprice
de malade?...

— J'ai tout fait pour l'empêcher, répondit
Albert. J'ai tout fait pour atteindre un but
encore plus difficile. Tout m'échappe. Tout
s'unit pour assombrir et désoler ma vie, depuis
que j'ai mis le pied dans ce pays. J'en pars
cent fois plus à plaindre que je ne l'étais en
y arrivant. J'y ai vu des hasards si étranges
qu'il semblerait, après cela, que tout peut
arriver. Oui, tout est possible, sauf une seule
chose. Devant moi l'inconnu s'étend. On peut
imaginer que je mourrai sur un trône, mais
non pas que je connaîtrai le bonheur dans ma
vie. Pour cela il faudrait que Dieu fît un miracle et changeât votre cœur. Mais il ne fera

pas ce miracle contre lui-même... Adieu ! je
vous laisse mon amour. Il est noble et saint.
Vous pouvez le déposer sur l'autel, parmi les
fleurs et les diamants de votre couronne de
mariée. Ce sera encore un sacrifice humain,
moins sanglant, non pas moins douloureux
pour la victime que ceux de Karnak. Ah ! chère
journée ! Vous en souvenez-vous ?

— Je m'en souviens, répondit-elle. Je m'en
souviendrai toujours. Toute ma vie je prierai
pour vous. Adieu ! Si mon nom reste dans votre
mémoire, n'oubliez pas qu'il est un lieu où l'on
se retrouve !

Le jeune homme, entraîné par l'émotion,
fléchit le genou pour la seconde fois de sa vie
devant Thérèse de Quilliane. Il voulait prendre
sa main pour la porter à ses lèvres. Mais, d'un
geste charmant dans son austérité, elle la retira doucement et toucha les cheveux d'Albert,
en lui disant :

— Voici ma dernière parole : Que Dieu vous
bénisse, ami !

Quelques instants plus tard, mistress Crowe
entra dans la chambre de mademoiselle de
Quilliane pour la consulter sur certains arran-

gements. La jeune fille, prosternée sur son prie-Dieu, la tête dans ses mains, pleurait à chaudes larmes.

Sans être entendue, l'Irlandaise se retira, mit un chapeau et sortit de la maison. Elle gagna l'hôtel Shepheard juste à temps pour monter les marches de la terrasse en même temps que le comte de Sénac.

— Monsieur, murmura la digne femme horriblement essoufflée, ne renoncez pas à *elle*, ne l'abandonnez pas !

Albert fit un bond de surprise.

— Comment ? Pourquoi me dites-vous cela ? Que savez-vous ?

— Rien, oh ! rien, mon Dieu ! mais je la pleure, moi aussi. Et je serais si heureuse ! si heureuse !...

— Enfin, que dois-je faire ? Faut-il rester ?

Mistress Crowe réfléchit une seconde, puis elle répondit en fixant sur le jeune homme ses yeux brillants d'une sympathie très jeune :

— A votre place, monsieur, je me rendrais à Paris, et, tout en arrivant, j'irais voir la tante de mademoiselle. Si vous voulez mon conseil, le voilà.

— Je le suivrai, dit Sénac après une courte hésitation. Les dévouements comme le vôtre ont un instinct sûr. J'irai droit à madame de Chavornay. Donnez-moi l'adresse.

Il écrivit deux lignes d'indications sur son carnet ; puis il serra les deux mains de Kathleen, qui s'éloigna aussi vite qu'elle était venue, voulant que sa démarche fût ignorée. Le lendemain, à la même heure, il sortait du port d'Alexandrie à bord d'un paquebot faisant route vers Marseille.

## XIV

La congrégation des hospitalières de Saint-
Bernard de Menthon, fondée en Savoie au commencement du siècle, n'est connue en France
que depuis l'annexion de l'antique duché. On
raconte qu'une riche et noble veuve du pays
d'Aoste, surprise par les neiges tandis qu'elle
traversait les montagnes, fit vœu de se consa-
crer au Seigneur si elle échappait à la mort.
Elle fut sauvée, en effet, contre toute espérance,
par les religieux de l'hospice, et, pour marquer sa reconnaissance à leur fondateur, elle
mit sous son invocation l'ordre qu'elle insti-

tuait, et qui compte aujourd'hui des établisse-
ments dans toutes les parties du monde.

Il va sans dire que la mission de ces saintes
femmes n'a rien de commun avec celle des
rudes sauveteurs de la montagne. Elles se con-
sacrent à l'éducation des jeunes filles, et la
pureté intacte des jeunes années, le renonce-
ment austère de l'âme sont les seules conditions exigées des postulantes. Mais, à
l'exemple de ce qui arrive dans les familles
humaines, la descendance monastique des bernardines conserve l'empreinte des premières
affiliées, presque toutes femmes de noblesse
ancienne.

L'institut n'est pas mondain, mais tout y
est réglé en vue du résultat, qui est l'éducation de la jeune fille appelée à vivre dans le
monde. Les religieuses ne cherchent pas à
supplanter la famille dans le cœur de leurs
élèves ; elles la remplacent pour un temps.
Elles-mêmes conservent leurs noms et, dans
une limite sagement établie, travaillent moins
à déposer parmi ces jeunes âmes le germe
bientôt desséché de la haine du monde,
que l'attachement au devoir et à la vertu,

plus fort que les entraînements de la vie.

Esther de Chavornay, sœur aînée de la feue marquise de Quilliane et tante, par conséquent, de Thérèse et de Christian, avait été habilement choisie pour la tâche délicate de fonder, en 1862, la maison aujourd'hui célèbre dont la chapelle et les jardins bordent l'avenue Kléber sur une longueur considérable. Cette femme de haute naissance, d'un grand esprit, d'une instruction qui égalait son austérité et qu'elle cachait avec le même soin, avait pris le voile à vingt-cinq ans, après avoir été, jusqu'à cet âge, une énigme vivante pour le monde. Elle y avait brillé, en effet, comme l'un des partis les plus en vue du faubourg Saint-Germain, et l'hôtel paternel, dont elle faisait les honneurs à défaut de sa mère qu'elle avait perdue, fut bientôt connu sous le nom significatif de « salon des refusés ».

Tout à coup, à la fin d'une saison dont l'inexorable Esther avait été l'une des reines, on apprit avec stupeur qu'elle entrait aux bernardines. Le père, accablé de douleur, fit connaître alors aux amis dont les consolations l'entouraient vainement, que, depuis l'âge de

dix-huit ans, sa fille était résolue à quitter
le monde. Il avait exigé qu'elle y restât jusqu'à son entière majorité, et, sans l'ombre
d'une discussion, elle s'était soumise à une
épreuve qu'elle semblait prévoir. Sa jeune
sœur, l'enfant qui devait être un jour la
mère de Thérèse, la suivit à Chambéry,
comme élève du « cours des petites », et ne
la quitta qu'à son mariage. Plus tard, elle
avait servi de seconde mère à sa nièce, élevée
sous ses yeux au couvent de l'avenue Kléber.
Sans la maladie de Christian, à l'époque où
Sénac trouva mademoiselle de Quilliane au
Caire, celle-ci eût été, non plus comme pen-
sionnaire, mais comme novice, sous les ordres
de sa tante.

Grâce à l'intimité naissante d'Albert avec
la jeune fille, il avait appris tous ces détails
dans leurs longues causeries de la *Nephthys*.
Aussi, quand il se décida, selon le conseil de
mistress Crowe, à solliciter une audience de
madame de Chavornay, il s'en fallait beaucoup qu'il s'aventurât en pays complètement
inconnu. Le lendemain de son arrivée à Paris,
il sonnait à la grille de l'aristocratique mai-

son, et demandait à entretenir madame l'Assistante générale.

Une seconde porte vitrée, aussi peu effrayante que possible, s'ouvrit devant lui et le mit en présence d'une religieuse qui l'attendait, les mains dans ses manches, les yeux levés sur lui avec l'aisance que la maturité achève chez les femmes quand la naissance et l'éducation les y ont préparées. Il renouvela sa demande, remit sa carte avec un grand salut, et fut introduit dans un parloir bien chauffé, brillant de la désespérante propreté connue de ceux-là seulement qui ont mis le pied, une fois dans leur vie, sur le pont d'un navire de guerre ou sur le parquet d'un couvent.

Tout en faisant cette remarque, dont il convient de lui laisser le mérite, Albert comparait le couvent des bernardines avec le seul qu'il eût déjà visité, c'est-à-dire avec la Grande-Chartreuse. Il se réjouissait de voir des rideaux et non pas des grilles aux fenêtres, du papier sur les murailles et, sur ce papier, des gravures qui ne représentaient pas le Jugement dernier. Des fauteuils d'étoffe,

un peu austères, à vrai dire, se trouvaient
mêlés aux chaises de paille et, sur le guéri-
don d'acajou, deux ou trois volumes s'éta-
laient, de ceux que les gens du monde, quand
ils sont instruits, lisent avec plaisir. En
somme le lieu était sévère, mais sympathique,
sans cette atmosphère attristante des endroits
rarement habités. On y sentait, au contraire,
un parfum à peine saisissable et très pur,
émanation discrète de l'eau de Cologne dont
les religieuses se servent pour enlever la
moindre tache de leurs voiles.

— Si c'est là qu'elle doit vivre, songea
Sénac en soupirant, son corps, du moins,
n'aura pas à souffrir.

L'examen terminé, il s'assit près d'une seconde porte vitrée qui s'ouvrait sur une
véranda, sorte de cloître mitigé, formant les
trois côtés d'une cour intérieure dont la chapelle gothique, d'une élégance un peu mièvre,
occupait le fond. Des parterres soigneusement
entretenus, tout verts de plantes aux feuil-
lages persistants, garnissaient les angles. Au
centre on voyait un rocher artificiel, mouillé
de cascades discrètes et surmonté d'un admi-

rable groupe en marbre, représentant un religieux de Saint-Bernard sauvant les voyageurs ensevelis sous la neige. Au pied du rocher dormait un des personnages considérables de la maison : un énorme chien, né à l'hospice, et comblé d'attentions, pour ne pas dire de respect, par toutes les religieuses. Quant aux élèves, on leur donnait, à certains jours de fête, la joie de posséder « Marengo » dans leurs cours de récréation réservées. C'était alors une orgie de bonbons fondants et de chocolat à la suite de laquelle le pauvre animal était malade une semaine. Quand l'hiver était neigeux, tout le couvent entrait en allégresse. Chacune oubliait ses propres engelures pour ne songer qu'aux heureux effets des frimas sur la santé du montagnard.

Au bout de cinq minutes d'attente, Albert aperçut une femme un peu replète qui venait de son côté par la véranda, marchant d'un pas agile et jetant à droite et à gauche, sur tous les objets, un regard vif et perçant auquel rien ne devait échapper. Un instant après il vit, non sans quelque émotion, la porte s'ouvrir. Il était en présence de l'ennemi,

c'est-à-dire de la Révérende Mère Anne-Fran-
çoise-Esther de Chavornay, Assistante générale
de la maison de Paris. La supérieure en titre,
affaiblie par son grand âge, ne quitte guère
ses appartements particuliers que pour la
tribune de la chapelle.

On peut dire que toute la bonne société
connaît madame de Chavornay qui a vu passer
sous ses ordres, en vingt ans, une partie no-
table des femmes composant aujourd'hui le
grand monde. Les élèves de l'avenue Kléber
et les femmes de leurs familles la désignent
habituellement sous le nom de « madame Esther ». Quant aux frères et cousins qui la
voient le dimanche au parloir du pensionnat,
ils continuent à l'appeler, malgré ses soixante
ans, « la dame aux beaux yeux », qualifica-
tion quelque peu profane, mais contre laquelle
Sénac n'aurait point protesté, tant il fut frappé
de la ressemblance entre les yeux de la tante
et ceux de la nièce. Il en fut non seulement
frappé, mais douloureusement saisi.

— Voilà donc, pensa-t-il, ce qu'*elle* sera un
jour, si elle n'est pas à moi !

Toutefois la ressemblance n'allait pas plus

loin. Madame de Chavornay n'avait ni la taille
élevée, ni le nez finement ciselé, ni la bouche
exquise de Thérèse. Mais la religiense sexa-
génaire possédait précisément ce qui manquait
à la jeune fille : un air de paix et de satisfaction qui donnait à son sourire, facilement appelé sur ses lèvres, une grâce reposante de
femme heureuse. Tout son visage respirait la
franchise et l'ouverture dont le monde accuse
les habitants du cloître de manquer habituellement, reproche qui vient peut-être de la con-
fusion entre l'habitude d'éteindre la volonté et
le désir de masquer la pensée. Madame de
Chavornay, à cause de ses fonctions, avait le
droit de vouloir et de montrer ce qu'elle voulait, chose qu'elle faisait volontiers, car elle se
savait peu accessible aux influences étrangères.
Il va sans dire qu'elle reconnaissait à Dieu le
pouvoir de faire des miracles, mais elle n'en
avait jamais vu. Jamais elle n'avait eu la
chance que les anges du ciel se fissent maçons
ou charpentiers à son profit, ni que les cor-
beaux vinssent lui apporter sa nourriture et
celle de ses religieuses, tandis qu'elle avait
accompli, depuis vingt ans, par son activité

et son intelligence, des résultats parfois prodigieux. Le moindre propriétaire, l'homme d'affaires le plus modeste, sait ce qu'il faut de pas, de démarches et de temps pour faire face aux nécessités les plus simples. Qu'on imagine ce que doit être le cerveau d'une femme obligée de pourvoir, sans mettre le pied dans la rue, à l'existence, à la prospérité, à l'accroissement d'une communauté de trente religieuses, doublée d'un pensionnat de cent jeunes filles dont il s'agit de faire des femmes d'élite !

Au premier coup d'œil, madame Esther laissait voir qu'elle était née pour une tâche semblable.

— Si elle se met contre moi, pensa Sénac, je suis perdu. Mais, au moins, je saurai bientôt à quoi m'en tenir.

Après un échange assez rapide de saluts, elle s'assit sur une chaise de paille en indiquant un fauteuil à son visiteur, puis, avec l'aisance d'une maîtresse de maison qui accueille un nouveau venu, elle dit :

— Sans doute, monsieur, vous venez m'apporter des nouvelles de mon neveu. Comment l'avez-vous laissé ?

14

Par cette simple question, Albert comprit deux choses. La première, c'est que mademoiselle de Quilliane avait parlé de lui dans sa correspondance avec sa tante. La seconde — qu'il n'osait espérer — c'est qu'on ne lui savait pas mauvais gré d'avoir fait partie de l'expédition du Haut-Nil. Cette agréable découverte ne laissa point de le réconforter, mais, surtout, il éprouva une surprise véritable en se trouvant en face d'une personne si différente de ce qu'il attendait, grâce au portrait peu flatteur tracé par son ami. Entraîné hors de ses lignes par l'imprévu du terrain, il fit cette réponse dont la franchise était une suprême habileté, vu le caractère de la femme qui lui donnait audience :

— Madame, je quitte, en effet, depuis peu de jours, mon ami Christian. Mais il serait indigne de vous, de moi, du sentiment qui m'amène, de pénétrer ici sous un prétexte banal, quand j'y viens poussé par un motif qui intéresse ma vie. C'est moins du frère que de la sœur, si vous daignez le permettre, que je voudrais vous entretenir.

Madame de Chavornay, qui n'avait pas quitté

le jeune homme des yeux, ne changea point
de physionomie. Sans donner la moindre
marque d'étonnement ni d'intérêt, elle répondit :

— Je vous écoute, monsieur.

Albert était ému comme il le fut rarement
dans sa vie, et la religieuse se connaissait en
émotions de ce genre. Car, malgré le soin
qu'elle mettait à éviter le rôle de « marieuse »,
elle était quelquefois obligée, par sa situation
même, à recevoir certaines ouvertures ou à
faire subir certains examens. Elle disait volontiers aux mères qui sollicitaient ses bons
offices :

— Ne me faites pas perdre mon temps si
l'affaire est décidée d'avance. Pour un mariage
auquel je contribue, j'en empêche bien quatre
ou cinq, rien que pour avoir vu le monsieur.

Mais, cette fois, le « monsieur » ne lui déplaisait point à première vue. Elle aimait assez
que la voix d'un homme tremblât un peu
quand il parlait de celle qui pouvait un jour
être sa femme.

— Si la marquise de Quilliane vivait encore, dit Sénac après une seconde de recueil-

lement, c'est auprès d'elle et non pas ici que je serais à cette heure. Une mère deviendrait plus que probablement mon alliée, tandis que ma première parole me fera paraître à vos yeux sous les traits d'un ennemi. Car, je l'avoue, madame, s'il ne tenait qu'à moi, mademoiselle votre nièce ne se ferait point bernardine.

— Vous n'êtes point un ennemi, répliqua la religieuse, étant, comme je le savais et comme je le vois, un honnête homme. Quant à moi, je suis avant tout une mère pour celle dont vous parlez. Traitez-moi comme telle et dites-moi, d'abord, si quelque raison vous donne lieu de croire que ma nièce modifie ses projets d'avenir. En ce cas, j'aurai le devoir d'examiner si vous êtes ce que les honnêtes gens appellent un bon parti. Dans le cas contraire, je ne vois pas trop ce que je peux pour empêcher une fille de vingt-cinq ans de quitter le monde.

La simplicité de cette réponse étonna prodigieusement Albert qui prévoyait une réception toute différente. Restait à savoir s'il avait lieu de se réjouir qu'on lui parlât si franchement.

Les forteresses naturellement imprenables dédaignent la précaution savante des ouvrages avancés et si, entre lui et son bonheur, on ne laissait voir qu'un seul obstacle, c'est que cet obstacle suffisait pour lui défendre tout espoir.

Cependant il lui était facile de constater qu'on avait recueilli sur son compte des renseignements préliminaires, et que cette première enquête n'avait pas mal tourné. On lui témoignait une apparence de sympathie et même une certaine confiance. Madame de Chavornay, en dépit de sa guimpe, de son voile et du chapelet qui pendait à sa ceinture, n'avait pas l'air rébarbatif qu'il s'attendait à lui trouver, d'après les diatribes de son neveu.

Elle considérait tranquillement son interlocuteur, lui laissant le temps de trouver sa réponse, évidemment sûre d'être à la hauteur de toute discussion. Elle avait même le trait caractéristique des êtres supérieurs, si rare aujourd'hui : elle ne semblait point pressée. Albert, malgré lui, se sentait presque irrité de ce calme. Il dit, un peu plus nerveusement qu'il n'avait parlé d'abord :

— Hélas ! madame, il m'importe peu que

vous *puissiez faire*, tant que vous ne m'aurez
pas laissé mieux voir ce que vous *feriez*, si la
chose dépendait de vous.

La religieuse regarda le jeune homme
avec un sourire plein de finesse et lui
demanda :

— Votre expérience personnelle vous a-
t-elle démontré qu'on emploie la force ou la ruse
pour amener les gens au noviciat, et même
pour les y retenir ?

— Je vois, répondit Sénac, que certains
incidents de ma vie ne vous sont point inconnus, mais il n'en est aucun, Dieu merci! dont
j'aie à rougir. L'expérience à laquelle vous
faites allusion ne saurait me servir ici. L'esprit
des couvents change forcément avec le sexe
des personnes qui l'habitent.

— Ah! monsieur, les idées de Christian ont
légèrement déteint sur vous. Je crois l'entendre.
Que voulez-vous dire? Que j'entraîne plus ou
moins volontairement ma nièce à ma suite
dans le chemin que j'ai pris? Chère enfant!
plût à Dieu qu'elle y trouvât le bonheur que
j'ai trouvé moi-même! Si cela devait être et
si vous en aviez la conviction, chercheriez-vous

à l'en détourner, vous qui prétendez avoir un attachement sincère ?

— Non, sur l'honneur ! affirma Sénac avec un geste expressif. Mais cette conviction, je ne l'ai pas complètement. Je crains que mademoiselle de Quilliane, en croyant écouter un appel d'en haut, ne cède à des influences...

Madame de Chavornay, pour la première fois, interrompit son interlocuteur.

— Monsieur, dit-elle, si je vous apprenais quelle influence, plus que toute autre, a poussé ma nièce hors du monde, vous seriez bien étonné. Voyons ! ne le devinez-vous pas ?

— Comment le pourrais-je ? fit Albert.

La religieuse continua :

— Le monde nous accuse de prendre ses filles, — à moins qu'il ne nous remercie de l'en débarrasser. Mais, presque toujours, c'est lui qui les pousse dans nos bras. Sous prétexte de les éclairer, il les dégoûte ou les épouvante. Il leur donne à lire ses livres ; il les conduit à ses théâtres ; surtout, il les admet à ses conversations. Pauvres petites ! partout elles n'entendent parler que de faiblesses, faiblesses sans grandeur et sans poésie, car, en vérité, le

monde aujourd'hui ne met plus de breuvage
enivrant dans sa coupe ; il y verse une méde-
cine. Partout ce sont des analyses décourageantes : calculs odieux, perfidies et ingra-
titudes monstrueuses, vies sans dignité et
sans tendresse : voilà pour la femme. Quant
à l'homme, il apparaît comme un fléau ou
comme un ennui, sans cœur, sans respect,
sans fidélité, sans délicatesse. Et les pauvres
enfants n'entendent, ne voient que des ruines :
ruine de l'amour, ruine de la confiance,
ruine du lien filial, ruine de la fortune et
de la situation, ruine de l'honneur, plus vite
pardonnée que les autres. L'avenir n'est plus
pour elles qu'un morne horizon de regrets et
de larmes. Alors, quand le monde les a con-
verties à son pessimisme par toutes les voix,
même par celles du roman et de la poésie
qui se complaisent fièrement à ce rôle glorieux, quand ces jeunes filles s'enfuient chez
nous, qui sommes seules à parler encore d'a-
mour éternel et de foi récompensée, alors on
nous accuse de manœuvres habiles et de lentes
machinations. Les pères gémissent, les frères
s'indignent ; mais les mères, presque tou-

jours, se taisent. Celles-là comprennent mieux!

— Je croyais, dit Albert, que mademoiselle de Quilliane connaissait fort peu le monde.

— En effet. Elle le connaît surtout par son frère et je voulais précisément vous dire ceci : c'est que son frère l'en a dégoûtée. Toute petite elle a vu pleurer ma pauvre sœur, que son fils ne consolait guère d'autres chagrins. Elle a vu, redoutable épreuve pour une enfant! que la mort de son père avait rendu la maison plus paisible. A quinze ans, elle me disait : « Que Dieu fasse ma vie calme! Je le tiens quitte de la faire heureuse. » A ce moment, son frère venait d'atteindre sa majorité et d'entrer en possession de sa fortune. Vous savez l'usage qu'il commençait à en faire, puisque vous étiez son ami.

— Son ami plus que son compagnon, fit observer Albert qui avait ses raisons pour marquer la nuance.

— Je l'admets volontiers, répondit la religieuse, et je vous en félicite. Si, à cette époque, vous aviez connu Thérèse, qui sait ce que serait devenue votre vie et la sienne? Mais, chez sa mère veuve et déjà souffrante, elle ne

voyait guère qu'un seul homme : Christian,
qui ne se douta pas de l'adoration que sa
sœur eût alors pour lui. Cette tendresse pouvait suffire à satisfaire le cœur de cette enfant;
mais elle en a souffert d'une façon cruelle.
Mon malheureux neveu a brisé, paraît-il, le
cœur de plus d'une femme : aucun plus que
celui-là. Thérèse a connu, dès lors, les ca-
prices, les changements, les contradictions
dont les hommes de plaisir se font un jeu.
Pendant des semaines entières, Christian ne
la quittait pas, la cajolant, la couvrant de
caresses, lui faisant croire qu'il ne pouvait
se passer d'elle. Vous savez comme il a le
don de tout charmer autour de lui, quand
son humeur l'y dispose?

— C'est un trait de famille, dit Albert en
s'inclinant avec respect.

— Durant ces périodes de ferveur frater-
nelle, mon neveu, malheureusement, prenait
un peu trop sa sœur pour confidente, sous
prétexte de l'amuser. Certes, je n'ai jamais
douté du respect de Christian pour les jeunes
oreilles qui l'écoutaient. Mais il ne comprit
pas alors que Thérèse n'est pas une personne

comme les autres, que les compromis facilement acceptés ailleurs la révoltent. Bref, son frère lui fit prendre le monde en horreur, car il n'en montrait qu'un côté, fort réjouissant pour lui, misérablement odieux pour elle. Aujourd'hui, la pauvre petite reproche au monde un suprême forfait : c'est à cause du monde, grâce à l'abus des plaisirs qu'il donne, que Christian meurt dans la force de l'âge et que les Quilliane vont s'éteindre.

— On peut espérer encore, fit Albert. En quelques semaines j'ai vu votre neveu transformé.

Madame de Chavornay répondit en secouant la tête avec tristesse :

— Hélas ! il se condamne lui-même par cette idée funeste de revenir en France. On sait ce qu'indique ce symptôme chez les gens atteints de son mal. Quelle folie ! N'avez-vous rien fait pour l'empêcher?

Albert n'osa pas dire quelle était la vraie cause de cette folie.

— J'en ai fait assez, répliqua-t-il simplement, pour que nous nous soyons quittés à demi brouillés. Mais l'avenir du genre humain serait d'un poids léger dans la balance quand il veut une chose.

— Vous le connaissez bien, dit la religieuse en soupirant.

Elle se tut et Sénac comprit que sa visite avait assez duré pour cette fois.

— Aurai-je encore l'honneur d'être reçu par vous? demanda-t-il en se levant. Je vous supplie de m'accorder cette grâce. Je sors d'ici moins malheureux que je n'y suis entré... et je serais fort embarrassé de dire pourquoi, ajouta-t-il avec un sourire triste.

— Monsieur, répondit madame de Chavornay, il faut bien que je vous confesse une chose qui vous étonnera sans doute. L'être que j'aime le plus au monde est mon neveu Christian. Vous lui avez fait du bien; vous lui en ferez encore peut-être. Comment, désormais, seriez-vous un étranger pour moi?

Sénac n'eut garde d'arrêter l'élan de cette reconnaissance en avouant qu'un de ses bienfaits, très involontaire à coup sûr, avait été de mettre Quilliane sur le chemin de Clotilde.

## XV

Pendant que la Mère Assistante causait ainsi dans le parloir des bernardines, sa nièce avait un entretien moins salutaire au fond, quoique aussi sage dans la forme, avec ses deux nouvelles amies du yacht.

Il ne faut pas prendre tous les mots à la lettre. Pour mille raisons l'amitié, dans le cas dont il s'agit, était la chose la plus impossible du monde. Toutefois mademoiselle de Quilliane avait trop d'éducation et d'esprit pour ne pas entrer nettement dans le rôle que lui imposait la volonté de son frère,

15

puisqu'elle avait dû s'y soumettre. Embarquée
comme passagère sur le bateau des Lassavielle, s'asseyant à leur table, jouissant de
leur confort et de leur luxe, elle aurait fait
preuve de mauvais goût, pour ne pas dire
plus, en affectant une mine boudeuse ou les
grands airs d'un ange condamné à vivre sur
la terre. Il est juste d'ajouter deux choses.
La première, c'est qu'elle était traitée sur le
yacht avec tous les égards possibles, et même
avec des attentions raffinées, car Georges et sa
femme se piquaient de dépasser l'ordinaire
en tout ce qu'ils faisaient. La seconde, c'est
qu'elle ignorait et devait ignorer longtemps
encore la cause véritable de cette intimité
subite où son frère l'avait jetée. Les deux
femmes dont elle devenait la compagne pour
une semaine étaient habiles dans l'art de se
montrer sous le jour qui convenait. Au bout
de vingt-quatre heures de vie commune, Thérèse fut sinon conquise du moins désarmée.
Le temps restait beau, les longs entretiens
étaient possibles et l'on ne s'en faisait pas
faute.

A certains moments, les trois hommes se

retiraient au fumoir et commençaient des
parties de whist que le marquis trouvait
interminables. Mais il faut croire qu'il avait
une consigne sévère, car il se soumettait avec
résignation à passer de longues heures loin
de Clotilde. Pendant ce temps-là on causait
dans le salon des dames. Chose étrange! Thérèse préférait instinctivement la conversation
de madame Questembert à celle de son amie.
Elle la savait pauvre et la voyait toujours un
peu triste, avec une pointe de rancune à
l'égard du monde. Bientôt Clotilde laissa voir
son mépris ou, tout au moins, sa défiance uni-
verselle pour les hommes. Elle comprit au
regard brillant de Thérèse de Quilliane qu'elle
avait touché l'un des points douloureux de ce
cœur sans détours. Quand elle eut amené
dans l'entretien, avec un art infini, le nom
d'Albert, elle ne douta plus d'avoir posé le
doigt sur l'autre. Dès lors, elle eut devant
elle, pour se distraire, une tâche intéressante.

Elle commença par féliciter la jeune fille du
choix qu'elle avait fait en renonçant au monde
trop petit pour remplir un cœur comme le

sien, trop faux pour ne pas lui donner, tôt ou tard, d'horribles dégoûts. Là-dessus elle entama l'étude sur le vif du sexe masculin qui n'était pas là pour se défendre, fort heureusement pour elle, car il aurait eu beau jeu pour rétorquer l'accusation.

Thérèse objecta doucement, croyant dire plus vrai qu'elle ne disait en effet, qu'elle allait au couvent non par haine du monde, mais par amour pour Dieu.

— Vous ne pouvez pas le savoir, répliqua Clotilde, à moins que le monde ne vous ait appelée par la voix de l'amour humain.

Et comme mademoiselle de Quilliane se taisait, estimant qu'elle n'avait déjà plus le droit d'aborder certains sujets, Clotilde se chargea de parler pour elle.

— Je ne vous demande pas si vous avez aimé, la question serait par trop indiscrète. Et cependant tout est là. Pour vous prononcer en connaissance de cause, il faut que vous ayez éprouvé l'amour, il ne suffit pas de l'avoir inspiré. Belle comme vous l'êtes, vous devez avoir excité l'enthousiasme de bien des hommes.

Thérèse répondit, avec un peu d'ennui,

qu'elle l'ignorait et prétendait l'ignorer toujours.

— Bon ! riposta Clotilde. Nous ne voyons,
nous autres femmes bien élevées, que ce qu'il
nous plaît de voir ; mais fermer les yeux n'empêche pas le soleil de luire. Je ne vous connais
que depuis un mois, et cependant je suis là
pour témoigner qu'un homme au moins s'est
occupé de vous. Oh ! je sais bien qu'il ne vous
a point émue ni même troublée. Comme vous
avez été forte, clairvoyante aussi ! Et comme
vous avez dû vous applaudir de votre fermeté
en voyant... cette personne chercher si vite
une consolation... d'un mérite bien inférieur.
Ne faites pas l'ignorante : je vous donne
l'exemple de la franchise, aux dépens de mon
amour-propre. Pour vous comme pour moi,
tout cela n'était qu'un épisode de l'éternelle
comédie mondaine. Les hommes sont les mêmes
partout, et je me demande s'ils ne trouvent pas
le moyen de mentir de bonne foi, d'oublier le
matin ce qu'ils ont dit la veille à une autre.
Ah ! chère mademoiselle, ce n'est pas moi qui
m'étonnerai jamais de voir une jeune fille
comme vous mépriser le monde. Ce sont les

bossues et les laides qui devraient y rester.
Pour les disgraciées, certaines désillusions sont
moins surprenantes.

Ce qui précède est le résumé de plusieurs
entretiens répartis en plus d'une journée, par
doses inégales. Tantôt Clotilde lançait à table
une phrase que mademoiselle de Quilliane
seule pouvait comprendre. Quelquefois elle
continuait son cours de philosophie en présence
de madame Lassavielle et de mistress Crowe.
Quand elle tenait sa victime en tête à tête, elle
était plus à son aise encore pour la troubler
profondément, tout en ne cesssant de répéter :

— Comme on voit que déjà les intrigues du
monde vous sont étrangères !

Bientôt Thérèse apprit qu'Albert de Sénac
n'avait point voulu partir sans faire ses adieux
à Clotilde. Elle connut — avec des variantes —
les détails de l'entrevue de l'île Gézireh, sous
les yeux de madame Lassavielle. En d'autres
temps elle aurait blâmé sévèrement l'équipée
de ces deux folles ; mais, à cette heure, elle
ne songeait pas aux affaires des autres. Elle
éprouvait constamment dans son cœur, moins
vague et plus aiguë, la souffrance qu'elle avait

sentie un certain soir, en voyant Albert et cette
femme se perdre dans la nuit, sur les bords
du Nil, seuls, appuyés au bras l'un de l'autre.
Elle découvrait tout à coup que, depuis deux
mois, elle avait pensé presque sans relâche à
ce jeune homme, qu'elle y pensait à propos de
tout, le comparant à ceux qu'elle avait connus
et ne trouvant rien qui fût commun entre
celui-là et les autres. Quelle illusion ! La belle
Clotilde aussi l'avait rendu éloquent !

D'abord elle crut qu'elle endurait une simple
meurtrissure d'amour-propre. Il lui était arrivé ce qu'elle n'aurait jamais cru possible :
un homme avait attiré son attention et il s'en
était amusé, fort décemment, d'ailleurs, et sans
mériter le blâme, puisqu'il n'avait jamais pu
conserver l'ombre d'un espoir. Elle se réjouit,
ou du moins elle essaya de se réjouir, qu'un
souci lui fût enlevé. Elle n'emporterait pas dans
sa retraite le regret d'avoir brisé un cœur. La
pensée qu'un homme digne d'elle continuait à
l'aimer, malgré tout, ne risquerait pas de venir
la troubler aux heures mauvaises de l'épreuve
et de l'aridité dans la dévotion... Bref, elle
médita sur le néant des affections humaines.

Elle médita si bien, perdue dans son rêve entre le ciel et l'eau, en face des plus beaux paysages du monde, qu'elle se demanda un jour — les premières lignes bleues des terres de France commençaient à paraître à l'horizon — pourquoi elle se sentait si complètement différente de ce qu'elle était quelques mois plus tôt, quand elle avait vu disparaître à ses yeux ces montagnes et ces golfes. Nul être humain n'aurait pu dire ce que sa conscience lui répondit ; mais elle passa dans la solitude la plus grande partie de cette dernière journée de son voyage. Et lorsque madame Questembert lui tendit la main sur le quai de Nice en exprimant l'espoir d'une prochaine rencontre, la jeune fille resta muette, avec un regard plein d'éloquence qui annonçait que ni Clotilde ni personne ne reverrait plus jamais Thérèse de Quilliane ici-bas.

Elle but une dernière gorgée du calice amer en recevant le soir même, à la gare, les adieux très froids de Christian pour qui, enfin, la liberté commençait, avec l'ère de la réalisation des promesses. L'absence de chagrin de cet homme absorbé par son caprice allait,

dans certains moments, jusqu'à une sorte de
joie mal dissimulée. Une autre s'en fût sentie
blessée pour toujours, mais sa sœur essaya de
s'en réjouir et d'en remercier Dieu, voyant
dans cette satisfaction intempestive l'annonce
d'un retour décisif à la santé. Elle fit, seule
avec mistress Crowe, le long trajet, retrouvant
l'hiver à mesure qu'elle approchait du but du
voyage, car février finissait à peine.

Enfin la porte du couvent se referma sur
les deux voyageuses. Pour la plus jeune, sans
doute, elle ne devait jamais se rouvrir. Thérèse, accueillie par sa tante aussi tendrement
qu'elle l'eût été par sa mère, sentit son cœur
réchauffé comme il ne l'avait pas été depuis
longtemps et, dans son fervent désir d'immo-
lation, elle pensa que les récompenses du
sacrifice accompli commençaient pour elle.
Brisée de lassitude, elle se retira bientôt dan.
l'appartement qu'elle occupait comme pension-
naire libre, en compagnie de mistress Crowe,
et qu'elle souhaitait d'échanger le plus vite
possible contre l'enceinte réservée du noviciat.

Telle fut la première parole qu'entendit
madame de Chavornay le lendemain, lors-

15.

qu'elle eut mandé sa nièce près d'elle pour un entretien qu'elle voulait avoir, et qui ne tarda pas à se transformer en une sorte de confession. Thérèse, en effet, commença par expliquer que ce n'était point à sa tante qu'elle parlait, mais à la personne constituée en autorité sur tous les membres de la nouvelle famille qui allait devenir la sienne.

— C'est vous, dit-elle, qui aurez à décider un jour si je suis digne ou indigne de la grâce que je sollicite. Il faut donc que vous me connaissiez, si c'est possible, comme Dieu me connaît.

Alors elle ouvrit son cœur et confessa qu'un sentiment terrestre, inconnu jusque-là, s'y était glissé peu à peu à côté de l'amour divin comme une herbe levée du sol, inaperçue d'abord, au pied d'un arbre aux puissantes racines. Avec un noble désir de justice envers elle-même, cette loyale créature s'excusa, pour ainsi dire, en faisant d'Albert de Sénac un portrait physique et moral dont la religieuse reconnut la sincérité, sans déclarer, toutefois, qu'elle avait été à même de juger par ses propres yeux. La jeune fille continua devenant plus humble :

— Je vois maintenant quelle a été ma faute : j'ai péché par l'orgueil. J'ai senti un étonnement fier en croyant que j'étais aimée comme j'aurais voulu qu'un homme m'aimât, si j'avais dû vivre dans le monde. Je suis punie par une double honte. J'ai reconnu, d'abord, que j'avais pris pour quelque chose d'exceptionnel et de grand ce qui n'est qu'un jeu ordinaire. Le langage dont j'avais été troublée sans le savoir — je me croyais si forte ! — une autre l'a entendu, presque à la même heure et sous mes yeux, quand j'ai montré que mes oreilles ne pouvaient s'ouvrir aux bruits de la terre. Et c'est précisément après que mon erreur me fut révélée que j'ai senti tout son charme. Au lieu d'en sourire et de m'en humilier, j'en ai souffert, j'en souffre encore. Voilà quelle insensée et faible créature revient à vous. Hélas ! suis-je encore digne de porter cette robe qui, désormais, cachera une blessure ?

Madame de Chavornay réfléchit un instant. Moins peinée que surprise de la confession

qu'elle venait d'entendre, elle cherchait à pénétrer quelle intention se proposait Sénac en
faisant, quelques jours plus tôt, sa visite au
parloir de l'avenue Kléber. Elle interrogea sa
nièce, que ce silence avait remplie de crainte.

— Vous parlez d'erreur commise, de dissi-
mulation découverte? Comment la vérité vous
est-elle apparue?

Mademoiselle de Quilliane répondit par le
récit de ses entretiens avec Clotilde qu'elle
peignit comme une femme sérieuse, clairvoyante, comme une âme un peu aigrie peut-
être, mais déjà parvenue à une grande désil-
lusion du monde et, surtout, pleine de droi-
ture et de franchise. La religieuse écoutait
sans perdre un mot, notant les moindres
détails. Quand sa nièce eut fini de parler, elle
demanda:

— Sans les révélations que vous a faites
cette singulière amie, persisteriez-vous, aujour-
d'hui, avec la même certitude, dans votre
vocation?

— Si vous me l'ordonnez, répondit Thérèse,
je m'examinerai devant Dieu, et je vous dirai
le verdict de ma conscience. Mais à quoi bon?

Je vieillirais dans le monde, sans mari, plutôt que de mettre ma main dans celle d'un homme dont je n'aurais pas eu toutes les pensées, depuis le jour où il m'a connue.

— C'est bien, ma fille; retirez-vous, nous causerons encore. En attendant, remerciez Dieu de ce qu'il est moins difficile que vous sur les dons qu'il accepte.

## XVI

Albert avait compris qu'il ne pouvait laisser passer moins d'une semaine avant de retourner près de madame de Chavornay ; mais il ne resta pas tout ce temps sans parler de mademoiselle de Quilliane, Dieu sait avec quels détours, aux amis qu'il retrouvait après deux ans et demi d'absence. Il éprouva une sorte de terreur à constater que le monde la portait déjà sur la liste des morts et disparus, où il a si vite fait d'écrire un nom. Générale-ment on la croyait ensevelie toute vivante quelque part, derrière une grille, tandis que

son frère achevait de mourir de la poitrine au
Caire. Sur ce dernier point, Sénac donna des
nouvelles moins alarmantes, sans ajouter qu'il
avait vu le frère et la sœur ensemble. Il sentait qu'il n'aurait pu prononcer le nom de
Thérèse sans laisser deviner son espoir, et il
craignait de faire rire les gens si son secret
lui échappait.

Au surplus, même cet espoir, à peine sais-
sissable, commençait à lui paraître ridicule, en
vertu de la loi invariable des réactions. Et,
quand il fut en présence de madame de Chavornay pour la seconde entrevue, l'accueil qu'il
en reçut, malgré la courtoisie des formes, ne
contribua guère à le rendre plus confiant dans
le succès. Il surprit dans le regard de ces
yeux sincères je ne sais quoi de refroidi et
d'attristé, à ce point qu'il demanda si quelque chose de nouveau était survenu.

—Ce qu'il y a de nouveau, dit la religieuse,
c'est que ma nièce est revenue.

— Déjà ! s'écria-t-il, à la fois heureux de
savoir Thérèse si près de lui et consterné de
l'empressement qu'elle mettait à venir reprendre sa captivité volontaire.

Il ajouta, d'une voix qui avait perdu toute
assurance :

— Rien ne vous indique l'ombre d'un changement dans sa résolution, pas même l'hésitation la plus légère ?

— Rien, en toute vérité. Mon devoir est de
vous le dire et de vous conseiller des réflexions
sérieuses. Ne vous trompez-vous point vous-
même, — ne trompez-vous point les autres,
— en vous obstinant à une poursuite qui
n'est peut-être que le caprice d'un rêve ? Songez, monsieur, à tout ce qu'impose à un
homme bien né le respect d'un lieu comme
celui-ci !

— Mon Dieu ! madame, s'écria le pauvre
Sénac tout ému, qu'allez-vous dire encore ?
Allez-vous m'ôter l'espérance de vous revoir ?
J'allais vous demander une faveur plus diffi-
cile...

— Voir ma nièce ? Mais, monsieur, jusqu'à
son entrée au noviciat, mademoiselle de Quilliane recevra les amis de sa famille, si tel est
son désir. Elle est ici comme une fille dans la
maison de sa mère, non comme une condam-
née dans sa prison.

— Une dernière grâce, s'il vous plaît. Vous
le voyez, je me confie à vous sans réserve.
Dites : *me conseillez-vous* de chercher à la voir?

Madame de Chavornay regarda celui qui
parlait et réfléchit pendant quelques secondes.

— Monsieur, répondit-elle enfin, je n'ai pas
de raisons pour vous en dissuader, et ma nièce
décidera en toute liberté s'il lui convient de
vous accueillir. Toutefois, vous me sembleriez
agir prudemment en laissant passer quelques
mois sans faire la tentative.

Albert comprit qu'on lui imposait un temps
de probation, mais il ne pouvait trouver la
mesure fort surprenante. D'ailleurs, qu'avait-il
à craindre? Son rival n'était pas de ceux qui
perdent patience et brusquent les dénoue-
ments. Une seule chance lui restait d'obtenir
Thérèse : c'était qu'elle crût à l'inébranlable
fidélité d'une affection humaine et qu'elle y
crût par lui. Peut-être, alors, consentirait-elle
à redescendre sur la terre, mais le temps seul
pouvait accomplir ce miracle.

Sénac prit congé de madame de Chavornay,
s'engageant à laisser passer le carême, à la
veille de commencer, avant de revenir au par-

loir. Il eut, pour occuper sa vie, le travail d'une installation nouvelle à Paris, qu'il ne comptait plus quitter, quelle que fût la solution du cher problème. Telle était, en effet, la différence entre son état d'âme actuel et ce qu'il avait ressenti deux ou trois ans plus tôt. S'il devait être condamné à vivre sans Thérèse, il voulait du moins vivre dans le même lieu, respirer le même air, passer quelquefois sous les murs qui l'enfermaient. Pour lui, en un mot, le temps des courses à travers le monde était fini.

En attendant, ses amis lui faisaient fête et les invitations pleuvaient sur lui, mais on peut penser qu'il n'avait pas le cœur à la joie. Pour donner un prétexte à la vie retirée qu'il comptait mener, il devint un pilier de *Revues*, une étoile de Sociétés savantes. Il publia des articles dont les titres seuls glaçaient d'effroi les lecteurs profanes. Il parla dans ces conférences dont l'auditoire, toujours nombreux et empressé, est une énigme pour l'observateur des goûts et des mœurs de la gent parisienne. Enfin il lutta de son mieux contre le découragement et l'ennui.

Vers le milieu d'avril, presque à la veille
du jour qu'il s'était fixé pour la démarche
redoutée autant qu'attendue, Sénac rencontra
dans les Tuileries un homme enseveli dans des
fourrures, qui marchait lentement, d'un air
épuisé, en s'aidant d'une canne qui semblait
être un bâton de vieillesse. Il eut une exclamation de surprise :

— Grand Dieu ! c'est Quilliane.

— Oui, dit l'autre en s'arrêtant. C'est
Quilliane, ou du moins ce qui en reste.

— Quelle folie de revenir à Paris quand
l'hiver finit à peine ! Pourquoi ne m'as-tu
pas prévenu ?

— Est-ce que, vraiment, c'est un bonheur
immense pour toi de me revoir ? Dans tous
les cas, si tu veux causer, allons chez moi.
Le grand air n'est pas mon fait, et je viens
à pied du Club, ce qui est un rude voyage
pour mes jambes d'aujourd'hui.

Dix minutes après, les deux hommes causaient dans le fumoir du marquis, au rez-de-
chaussée de l'hôtel Quilliane.

— Pourquoi je suis revenu si tôt ? disait
Christian. Mon Dieu ! parce que j'aime encore

mieux être tout seul à Paris que tout seul à
Nice. Mes excellents amis s'y sont ennuyés.
Entre nous, je pense que c'est moi qui les
ennuyais. Ils sont remontés sur leur yacht
et ont filé vers Madère. Cela m'aurait fait du
bien d'y aller aussi, mais, cette fois, on ne
m'a pas invité. Tu comprends?

Ces deux derniers mots étaient accompa-
gnés d'un certain sourire qu'Albert comprit
en effet, et qui lui serra le cœur, tant il
exprimait une amère souffrance. Clotilde, sans
doute, avait renoncé à son rôle de garde-
malade, jugeant le cas désespéré ou sa part
de soins donnés suffisante. Mais Christian,
par dépit ou par scrupule, ne prononça pas
le nom de celle qui venait d'abréger sa vie
en en jetant les restes au vent de la passion
et du chagrin. Une seule fois, il devait être
question d'elle, un peu plus tard, entre les
deux amis.

Toutefois, il était facile de voir que le
cœur de Quilliane était gonflé d'amertume. Il
la répandait à chaque parole, comme la princesse du conte de fées jetait les perles, rien
qu'en ouvrant la bouche. Comme il n'était

pas tenu à la discrétion envers sa tante,
madame de Chavornay payait pour tout le
monde.

Mais, à cette heure, Sénac la connaissait;
il avait même une sorte de tendresse reconnaissante pour elle. Instinctivement il prit sa
défense et combattit les jugements plus que
sévères de Christian, s'appuyant sur sa propre expérience.

— Quoi! fit ce dernier un peu désarçonné,
tu l'as vue? Pour quoi faire?

— Pour lui dire ce que j'ai dans l'esprit
et dans le cœur, ce que tu sais toi-même;
pour lui parler de ta sœur.

— Elle a dû te recevoir de la bonne façon !

— Elle a été parfaite, et j'ignore ce que
j'admire le plus : sa bonté, son tact ou sa
prudence.

— Fort bien : je vois d'ici l'entrevue. Elle
t'a promis de faire de son mieux pour que
ma sœur t'épouse?

— Non, mais elle m'a promis de ne rien
faire contre moi.

— En attendant, elle t'a empêché de voir
Thérèse ?

—Nullement. Mademoiselle de Quilliane me recevra, si elle daigne le faire, quand je le demanderai.

— Alors qu'attends-tu ?

— Qu'un peu de temps écoulé lui montre ce qu'il y a de sérieux dans mon attachement pour elle. Madame de Chavornay me l'a conseillé.

Christian eut un accès de rire qui dégénéra promptement en quinte de toux.

— Pauvre niais ! fit-il. Tu ne connais pas les nonnes en général et ma vénérable tante en particulier. Sais-tu quelle est leur force, qui dompte le monde ? C'est cette douceur melliflue, qui ne dit jamais non. Madame de Chavornay va t'endormir, ou plutôt elle t'a endormi. Un jour, quand tu solliciteras respectueusement la faveur d'entretenir sa nièce, on te répondra qu'elle est à deux cents ou trois cents lieues, dans une maison quelconque de l'ordre, afin d'être moins troublée par les bruits du monde, qu'on entend trop dans l'avenue Kléber.

Sénac ne répondit pas tout d'abord. Il se promenait dans le fumoir à grands pas, en écrasant sa cigarette dans ses doigts comme une boulette de mie. Certaines histoires qu'il avait entendues lui revenaient à l'esprit et, malgré son sang-froid qu'il voulait garder, la frayeur le gagnait.

— Tu n'es donc pas allé voir ta sœur depuis ton retour? demanda-t-il tout à coup.

— Non, répondit Christian. Je ne mets jamais les pieds dans la sainte maison de ma tante.

Sénac inventa un prétexte pour quitter son ami sur l'heure. Peu d'instants après, il entrait pour la troisième fois au parloir de l'avenue Kléber où madame de Chavornay vint le rejoindre avec une légère nuance de contrariété, car elle ne l'attendait pas si tôt.

— Pardonnez-moi! s'écria-t-il très ému. Je suis le plus malheureux des hommes si vous ne daignez répondre à cette question : Mademoiselle de Quilliane est-elle encore ici ?

— Où donc serait-elle? demanda la religieuse avec le grand air des femmes d'autrefois.

Tout à coup, regardant le visiteur avec des

yeux qui semblaient radoucis, contrairement à ce que l'on aurait pu attendre :

— Vous venez de voir mon neveu ? fit-elle.

Et, sur un geste affirmatif de Sénac, elle continua :

— Je ne vous demande pas ce qu'il vous a dit. Je le devine. Ce n'est pas de moi que vous viendra la réponse.

Elle appuya sur un timbre sa main très soignée où brillait l'anneau d'or des professes. Une sœur coadjutrice parut.

— Prévenez mademoiselle de Quilliane que je l'attends ici, ordonna l'Assistante.

Albert se leva, tremblant de crainte plus encore que de joie. Il dit en passant la main sur son front :

— Oh ! madame, ce n'est pas ainsi que j'aurais voulu la revoir. Involontairement, vous allez l'endurcir encore, car vous êtes irritée contre moi. Ne condamnez pas ce pauvre Quilliane qui est bien malade, ni moi qui suis bien malheureux. Laissez-moi partir. Nous sommes tous mal préparés pour une entrevue aussi grave. Je reviendrai plus tard, quand vous le croirez bon...

Madame de Chavornay resta quelque temps
sans répondre. Elle avait pris dans ses doigts
le crucifix d'argent qui pendait sur sa poitrine
et semblait en compter les ciselures. Sénac ne
pouvait détourner les yeux de la direction par
où Thérèse allait venir. Bientôt il vit le chien,
qui dormait sous son rocher, dresser les oreilles
et remuer la queue sans se lever, avec un
bâillement joyeux. En même temps, une forme
élégante et svelte se dessina parmi les plantes
des massifs.

— Monsieur, fit la religieuse qui semblait
avoir pris une décision, quand vous sortirez
d'ici, vous irez dire à votre ami que vous avez
vu sa sœur, sous la seule garde de l'honneur
et de Dieu. Je vous laisse causer ensemble.

Comme elle achevait ces mots, la porte s'ouvrit et Thérèse de Quilliane entra. Son pas
souple, allongé, rythmé par une cadence
énergique et cependant harmonieuse, dessinait
dans l'étoffe de la robe noire ces « beaux plis »
dont parle Homère, quand il décrit le costume
des déesses. Madame de Chavornay lui dit :

— Mon enfant, voici un grand ami de votre
frère. Il nous apporte de ses nouvelles et j'ai

16

pensé qu'il vous serait agréable de le recevoir.
Je vous quitte, car on m'attend, mais je sais
avec qui je vous laisse. A trois heures, M. de
Sénac vous rendra votre liberté pour l'office
des vêpres.

La religieuse, après ces paroles, se retira,
saluant Albert d'une révérence que nos mon-
daines du jour n'auraient point jugée sans
grâce, mais seulement trop polie. En passant
devant Thérèse, elle toucha le front de la jeune
fille d'un geste à double entente, qui pouvait
être une caresse comme une bénédiction. Puis
elle se retira, frappée de l'éclair de joie qu'elle
venait de surprendre dans le ciel pâle de ces
yeux, voilés aussitôt d'une paupière tremblante.

# XV I

A ce jeu de la psychologie féminine, si fort
à la mode aujourd'hui, madame de Chavornay
aurait rendu des points aux spécialistes les
plus célèbres. Des milliers de jeunes filles lui
avaient apporté leur âme, la priant d'y lire
comme dans un livre. Des centaines de jeunes
femmes, malheureuses par leur faute ou par
celle d'autrui, étaient venues lui confier leur
secret. Des mères l'avaient suppliée dans leur
désespoir, consultée dans leur inquiétude. Elle
avait, de sa main, moissonné bien des cheve-
lures brunes ou blondes, mais nul ne soup-

çonnait le nombre des victimes que sa prudence
avait repoussées loin de l'autel, comme de
tendres agneaux marqués pour d'autres sacrifices plus terrestres. Christian de Quilliane la
connaissait mal, ou ne voulait point la connaître, quand il l'accusait d'attirer Thérèse vers
le cloître. Plus clairvoyant ou moins injuste, il
aurait avoué que, sans elle, sa sœur eût porté
depuis plus d'un an le costume des novices.

Christian n'eût pas manqué de crier ana-
thème sur sa tante, s'il avait appris qu'elle
n'avait rien dit à Thérèse des deux visites
qu'Albert avait faites au parloir du couvent.
Cependant, pour une raison ou pour une
autre, la religieuse avait gardé ce secret.
Mademoiselle de Quilliane avait tout lieu de
se croire oubliée.

En bonne logique, elle n'aurait pas dû en
être surprise, après les charitables éclaircisse-
ments de Clotilde, ni s'en affliger dans sa
résolution de plus en plus arrêtée de renoncer
au monde. Toutefois elle sentait en elle-même
une souffrance vague, un dépit qu'elle ne pouvait définir. Elle aurait voulu qu'Albert se trouvât devant elle encore une fois, la dernière

de toutes, afin qu'elle pût confesser devant ce tyran, trop cher peut-être, son horreur des idoles, c'est-à-dire son mépris pour les mensonges du monde. Il lui semblait que le chemin du martyre serait d'autant plus glorieux qu'elle aurait soutenu plus de combats, foulé aux pieds plus d'obstacles avant de s'y élancer. Mais ce chemin s'ouvrait vide, désert, déplorablement facile devant elle ; nulle voix terrestre ne l'en détournait, pas même celle de mistress Crowe, le seul être appartenant au monde qu'elle eût encore à ses côtés. Bien des fois, dans ses longues oraisons, elle avait murmuré cette prière :

— Mon Dieu, quand l'ennemi viendra, donnez-moi votre esprit et votre force pour défendre dignement votre bien.

Peut-être qu'il eût été plus simple et plus sûr de faire une autre prière et de demander que l'ennemi restât chez lui, tout bonnement. C'est une idée qui ne vint pas à Thérèse de Quilliane. On ne pense jamais à tout.

Quand elle se trouva subitement dans le parloir de sa tante, en présence de celui qu'elle croyait consolé, plus que de raison, du chagrin

d'être séparé d'elle, Thérèse eut un sursaut
douloureux dans sa poitrine. Elle pensa que
c'était la surprise, et, sans le respect qui lui
défendait de juger sa supérieure, elle eût
trouvé qu'on aurait bien dû l'avertir de ce
qui l'attendait. Ce fut bien autre chose quand
elle se vit laissée seule avec ce visiteur... profane, pour ne rien dire de plus. Elle éprouva
un grand trouble, une détresse affolante, comme
il arrive au nageur mal assuré qui enfonce,
abandonné trop vite à ses propres forces. Peu
s'en fallut qu'elle ne se précipitât sur les pas
de madame de Chavornay pour lui dire :

— Il est vrai que j'ai jugé cet homme et
que je l'ai condamné en votre présence. Mais
alors il n'était pas là. Maintenant qu'il revient,
j'ai peur de n'être plus inexorable. Vous
avez trop de confiance en ma sévérité. Si
j'allais l'absoudre

La honte la retint, peut-être aussi la crainte
que cette faiblesse fût considérée comme la
preuve qu'elle n'était point mûre pour la perfection de la vie religieuse. Elle s'assit, tâchant
de se raidir contre toute indulgence. Elle
avait au front un pli très dur que Sénac prit

pour l'indice d'une irritation contenue. Jamais, depuis qu'elle était au monde, elle n'avait été moins irritée qu'en ce moment! Albert lui dit, pour tâcher de désarmer cet apparent courroux :

— Mademoiselle, je vous jure qu'il n'entrait pas dans mes intentions d'être reçu par vous avant qu'on vous eût consultée. Si ma présence vous est fâcheuse, dites un mot : je me retire. J'aime mieux ne pas vous voir, que de vous voir avec cette colère contre moi.

Il était resté debout, attendant que Thérèse décidât... Elle lui fit signe de s'asseoir et lui répondit :

— La colère n'existe pas dans la maison où nous sommes. D'ailleurs, il faut que j'apprenne à obéir. On m'a commandé de vous recevoir : causons jusqu'à la cloche. Mon frère est à Paris, je le sais. Comment va-t-il ?

Sénac n'aurait pu dire ce qu'il préférait, de la colère qu'il avait cru voir ou de l'obéissance qu'on étalait à ses yeux un peu trop visiblement. Il parla de Quilliane, sans s'étendre. Il avait hâte d'arriver au sujet véritable de l'entretien. Selon toute apparence, l'avenir allait se fixer définitivement

pour lui dans cette demi-heure, dont les premières minutes s'enfuyaient déjà sur l'énorme
cadran de la chapelle.

— Un mot prononcé par Quilliane, fit-il en
affermissant sa voix, est cause que je suis
accouru ici, glacé de frayeur. Il disait que...
qu'on vous avait peut-être envoyée dans une
autre maison. Sans calculer, — on croit si
vite ce que l'on redoute! — je suis venu
trouver votre tante. Elle a eu la bonté, la
bonté inespérée, d'accueillir cette démarche
folle avec indulgence. Pour toute réponse, elle
vous a fait appeler, et voilà comment nous
nous trouvons ensemble. Mon Dieu! quelle
angoisse tout à l'heure et quelle joie maintenant! Je vous vois encore!

Thérèse ne regardait pas Sénac, mais il
suffisait de l'entendre. Elle fut touchée au
fond du cœur de cette émotion manifestement
sincère. Comment, alors, concilier ce qu'elle
voyait avec les détails qu'elle tenait de
Clotilde? Déjà elle ouvrait la bouche pour
questionner, mais elle se fit violence. Prête à
franchir le seuil du cloître, à quoi bon se
retourner pour savoir ce qu'elle laissait der-

rière elle? Tenant toujours les yeux fixés sur ses mains aux lignes allongées, elle dit :

— Qu'importe où j'habite? Ailleurs comme dans ce lieu, je suis une fiancée qu'on ne saurait disputer sans sacrilège à Celui qu'elle a choisi.

— Toujours cette même parole! s'écria le jeune homme en se frappant le front. Comme si je voulais vous prendre à Dieu! Ah! s'il avait cette miséricorde infinie de vous céder à moi, qu'y perdrait-il? Je lui laisserais toute votre âme, toute votre foi; c'est lui-même qui vous ordonnerait de me donner votre cœur. Et quel bien, ensemble, nous ferions! Quels exemples d'honneur, de fidélité, de charitable zèle nous donnerions au monde! Comme vous lui montreriez qu'une femme aimée à genoux, une mère entourée de tendresse peut être aussi une sainte! Ne vous souvenez-vous pas qu'il est écrit : « Seigneur, ceux qui sont morts ne peuvent plus vous louer. » Et cependant vous voulez mourir!

— Je ne veux pas mourir, dit Thérèse dont les doigts s'entrelaçaient fiévreusement. Votre pitié me révolte, à la fin! Croyez-vous que mes

joies seront moins grandes pour ne pas venir
de vous? Mon bonheur ne sera-t-il point fondé
sur des promesses plus solides que les vôtres?
Les amours de la terre ne sont-ils pas, tôt ou
tard, trahis et malheureux, trompeurs ou
trompés, odieux dans leurs défiances, ridicules
dans leur sécurité, jamais sûrs de la minute
qui va suivre !

— Mademoiselle, reprit Sénac avec un triste
sourire, je connais probablement mieux que
vous le vide et la fragilité des affections
humaines. J'en ai vu des exemples nombreux.
A une époque de ma vie, j'ai voulu, moi
aussi, m'élever plus haut et m'appuyer sur
quelque chose de plus solide. Mais je sais
maintenant, grâce à vous, que le trésor de
l'amour vrai, seul digne de cœurs comme les
nôtres, peut se trouver ici-bas. N'y eût-il au
monde qu'un homme et qu'une femme capables de se payer mutuellement d'une tendresse fidèle, c'en est assez pour glorifier
l'amour. L'amour est comme ces aurores sans
nuages dont le voyageur cherche la magnifi-
cence, au prix de mille fatigues et de mille
dangers, sur les sommets à peine accessibles.

Cent fois la brume dérobe aux yeux l'astre du jour, et cependant nous sentons que le soleil est là, derrière ce rideau sombre. Et lorsque, par un hasard inespéré, nous l'avons vu sortir de la nuit dans toute sa gloire, avec sa vivifiante chaleur, nous ne regrettons plus d'avoir bravé les prédictions décourageantes qui nous criaient : « A quoi bon monter là-haut ? Vous ne verrez rien, et vous retomberez meurtris ! » Ah ! si vous vouliez prendre ma main, gravir avec moi la chère colline, vous béniriez Dieu de m'avoir écouté, et moi je vous en remercierais à genoux, toute ma vie !

Mademoiselle de Quilliane écoutait ces paroles avec une grande agitation, dont Sénac ne pouvait deviner la véritable cause. Il croyait, en ce moment, n'avoir à lutter que contre la ferveur exaltée d'une âme pieuse, tandis que Thérèse, en l'écoutant, se débattait dans un étonnement douloureux, où l'idée mystique n'entrait pour rien. Elle se demandait :

— Qui m'a trompée ? Qui me trompe ? Celui-ci, ou la femme qui prétend avoir entendu de lui ce que je viens d'entendre encore ?

Comme toutes les âmes d'une absolue

loyauté, elle abhorrait le mensonge et, quand
elle le sentait à ses côtés, il fallait qu'elle le
démasquât. Quel intérêt Sénac pouvait-il avoir
à feindre un amour profond, unique, si c'était
seulement un caprice qu'il éprouvait ? Il était
trop riche pour qu'on pût l'accuser d'un calcul
odieux. Soudain elle pensa :

— Peut-être que Christian se sert de lui
comme d'un moyen de me retenir dans le
monde. Il l'a envoyé ici pour me livrer cette
bataille.

Avec sa franchise sans détours, elle découvrit le soupçon qui s'éveillait en elle. Sénac
lui répondit :

— J'ai vu votre frère aujourd'hui pour la
première fois depuis mon retour d'Égypte. Et,
dès le lendemain de mon arrivée, j'étais près
de madame de Chavornay pour lui ouvrir
mon âme.

— Vous aviez déjà vu ma tante?

— Cette visite est la troisième qu'elle a
reçue de moi. Ne vous l'avait-elle pas dit ?

— Non, répondit Thérèse dont le trouble
fut amené à son comble par cette révélation.

Elle ne savait plus que dire; elle ne comprenait plus rien à ce qui se passait en elle, ni à la conduite des autres. Même l'avenir, qui lui apparaissait naguère si nettement tracé, commençait à devenir confus et douteux, comme un carrefour coupé de plusieurs routes et enveloppé de brouillards. Elle n'avait qu'un désir à cette heure, se trouver seule pour pouvoir réfléchir, et cependant elle ne se sentait pas la force de renvoyer Albert. La cloche vint, heureusement, la tirer de peine en tintant l'office. Au premier son, Thérèse fut debout, comme si un ressort l'eût poussée.

— Voici l'heure de nous quitter, dit-elle, sans regarder Sénac. Adieu; vous direz à mon frère que je l'aime plus que tout au monde. Et lui qui se détourne de moi, comme si je lui avais fait du mal!...

— Vous me permettez de revenir? demanda le jeune homme, avec l'implacable égoïsme de ceux qui aiment.

Mademoiselle de Quilliane s'arrêta sur le seuil qu'elle allait franchir, au delà duquel nul homme ne pouvait la suivre. Elle dit, après avoir réfléchi une seconde:

— Je vous recevrai avec joie si vous m'amenez mon frère.

Gracieusement elle inclina sa tête charmante, puis elle disparut, laissant Albert avec un vague sentiment d'espérance. Mais lorsque, dans la solitude de l'avenue, il voulut se souvenir des paroles que Thérèse avait dites, il ne put rien trouver qui fût un encouragement.

— Quand je devrais porter Christian au parloir, sa sœur le verra, dit-il tout haut en pressant sa marche. Mon Dieu! si elle savait quel amour j'ai pour elle!

Madame de Chavornay, le soir même, causa longtemps avec sa nièce.

— Mon enfant, dit-elle en manière de conclusion, voilà deux ans que vous demandez la permission d'entrer au noviciat et deux ans que je vous la refuse; mais ce soir je vous l'accorde. Quand vous voudrez, dites un mot: vous aurez une chambre dans l'aile des novices et un voile blanc sur la tête. Quant à mistress Crowe, nous la renverrons en Irlande. Donc, c'est entendu: je n'ai plus d'objection à faire. Vous déciderez.

Et comme la jeune fille, très étonnée, levait sur sa tante ses grands yeux, n'osant poser la question qui lui venait sur les lèvres :

— Vous voulez savoir pourquoi je parle ainsi ? dit la religieuse. Voici la raison. Depuis que vous m'avez fait part de votre désir de quitter le monde, je prie Dieu de vous éclairer avant tout, par la grande épreuve de la vocation que vous croyez avoir.

— Quelle épreuve ? demanda Thérèse d'une voix qui tremblait un peu.

— Celle que vous connaissez maintenant : aimer, être aimée.

Mademoiselle de Quilliane cacha son visage dans ses mains et dit très bas, avec une sorte de honte d'elle-même :

— Est-ce possible !

Mais elle ne demanda point à sa tante, du moins ce soir-là, que sa chambre fût préparée dans le bâtiment des novices.

## XVIII

Albert supplia vainement l'obstiné Quilliane de se rendre avec lui au couvent de l'avenue Kléber.

— Si ma sœur veut me voir, qu'elle vienne ici, répondit Christian. Tu ne comprends pas ce qui la fait insister pour que j'aille là-bas ? Derrière elle, je trouverai madame de Chavornay ; derrière madame de Chavornay, je trouverai l'aumônier. Or tu connais mes sentiments pour ma tante, et je ne me sens pas encore tout à fait mûr pour l'extrême-onction, bien que j'y arrive.

Les deux amis se voyaient chaque jour, et, depuis que Clotilde n'était plus entre eux, leur intimité semblait revenir. Cependant le marquis, même quand il s'abandonnait à l'expansion la plus complète, évitait la moindre allusion à ce qui s'était passé entre cette jeune femme et lui. On aurait pu croire qu'il l'avait oubliée; mais un soir, en entrant chez Quilliane, Albert le surprit en contemplation devant une photographie de dimension réduite qu'il reconnut aisément. D'abord le malade voulut faire disparaître l'image qu'il tenait dans ses mains un peu tremblantes, mais il parut faire un effort et, tendant la miniature à son ami :

— Conviens qu'*elle* a des yeux capables de pousser à une folie, même quand on sait que cette folie sera la dernière.

Sénac prit le portrait qu'il connaissait bien, pour l'avoir vu au Caire, un matin dans l'atelier de Sébah. Le nom de *Louqsor*, avec une date, y était tracé d'une écriture dont l'aspect seul eût fait pâlir Albert, quelques mois plus tôt. Mais, à cette heure, Clotilde Questembert ne pouvait plus accélérer ou retarder les bat-

tements de son cœur, et, tout en regardant ces
yeux devenus pour lui tout à coup des yeux
comme les autres, il sentait cette impression
peu admirative de nous-mêmes que nous éprou-
vons en face des ruines de certaines amours.
En ce moment il se serait laissé couper un
doigt plutôt que d'avouer quel rôle cette femme
avait joué dans son existence, quelles tortures
il avait subies après l'avoir perdue. Comme il
se taisait, Quilliane reprit :

— Toi, tu ne peux pas *la* comprendre. Il te
faut des regards de pervenche et de myosotis.
Parions que l'étincelle perverse de ces prunelles
sombres t'inspire plus de frayeur que d'admiration. Et pourtant !...

Ils gardèrent le silence l'un et l'autre, chacun
suivant sa pensée.

— Enfin, dit Quilliane au bout d'un instant,
j'ai un bonheur que tout le monde n'aurait
pas à ma place : je ne regrette pas la vie.
Depuis mon retour, je me suis posé souvent
cette question : à quoi servent les amis ? Eh
bien, mon cher, ils servent à nous consoler de
nos misères. En quelques jours le hasard m'en
a fait rencontrer quatre ou cinq, dont la vue

m'a rempli d'une douce résignation. Vieuzac,
d'abord, se traînant de côté comme un crabe,
avec une main qui flotte sur son estomac. Que
l'on se promène sur le boulevard dans cet état
charmant, voilà ce qui me dépasse ! Tautavel
est marié, et sa femme, en deux ans, l'a rendu
si ridicule grâce à la façon dont elle *les* choisit,
que les demoiselles arrivées au rang d'étoiles
refusent de se montrer en public avec lui.
Saint-Armel m'a fait une visite interminable,
et je me creusais la tête pour comprendre la
cause de cet intérêt bienveillant. Au bout d'une
heure, la sueur au front, il m'a demandé cinquante louis. Le pauvre diable, ruiné à fond,
ne sait pas encore tirer la carotte avec grâce.
Il est parti, saluant jusqu'à terre, avec vingt
francs, car, entre nous, je ne suis pas cousu
d'or; mon voyage m'a coûté cher. Enfin tu
te souviens de Frécancourt, notre camarade?
L'année dernière il a épousé la femme qu'il
adore, enfin devenue libre.

— Ah ! M. d'Arcizanne est mort ?

— Oui, mort dans le... mobilier de sa dan-
seuse, d'un coup de sang. Comme de juste, les
deux survivants ont réglé leurs petites affaires,

à l'expiration des délais légaux. Eh bien, Frécancourt est aujourd'hui un vieillard courbé,
blanchi, qu'on ne reconnaît plus et qui ne reconnaît plus personne. Il passe ses journées
au Père-Lachaise où l'on a porté, dans le même
cercueil, sa femme et l'enfant à peine né. Croi-
rais-tu que c'est lui que je plains le moins de
tous ceux qui précèdent ? J'ai compris en
l'écoutant qu'il peut y avoir du bonheur dans
la vie de cet homme amoureux d'une morte,
d'une morte chérie, radieuse, incomparable,
qu'il ne verra pas vieillir ni se détacher de
lui, et qu'il ne pourra pas, même le voulant,
oublier avec une autre, car, comme il le dit
lui-même : « Qui voudrait de moi maintenant ? »
C'est dommage qu'elle ne puisse pas le voir.
Elle serait contente.

— *Elle le voit*, dit Albert. Si tu savais comme
les morts nous voient !

— Mon Dieu ! mon ami, je le saurai probablement bientôt. Et même, puisque nous
en parlons, je vais te demander un service.
Tu serais, sans doute, le premier prévenu s'il
m'arrivait... un désagrément sérieux et subit.
Avant toute autre formalité, ouvre ce tiroir

où j'enferme cette photographie et qui contient
déjà deux ou trois lettres ; voici le secret
du mécanisme. Recueille les autographes et
l'image, fais un paquet bien cacheté et envoie
le tout à la propriétaire. Je compte sur toi et
te prie à l'avance d'excuser le dérangement.

— Bon ! d'ici là ton tiroir aura le temps de
s'enrichir d'autres trésors, puisés à des sources
nouvelles. Donc, si tu veux bien, nous en
recauserons.

— Non, mon brave, nous n'en recauserons
pas. Le sujet n'est point agréable. Console ma
sœur si tu peux ; épouse-la si elle veut. Mais
tu auras de la peine. Sur ce, dis-moi bonsoir.
J'en ai assez pour aujourd'hui.

Vers la fin de la semaine suivante, un
matin de bonne heure, le valet de chambre
du marquis vint éveiller Sénac et lui annonça
qu'il venait de trouver son maître inanimé
et déjà froid dans son lit. Au chevet du défunt, Albert rencontra le médecin, leur ami à
l'un et à l'autre.

— *Il est mort d'une rupture d'anévrisme*, prononça le docteur, en jetant sur celui qui entrait un regard significatif. Maintenant le plus

dur reste à faire. Je vais prévenir mademoiselle de Quilliane, pour être à portée d'elle
si la secousse est trop forte.

Quand Thérèse arriva chez son frère, pâle
et chancelante, elle trouva la première tâche
de la funèbre besogne accomplie. Albert avait
présidé à tout. Mais il n'avait pas oublié la
recommandation du malheureux qui venait
d'échapper aux misères d'une mort lente. Une
photographie et quelques pages d'écriture
étaient serrées dans son portefeuille, pour
être restituées fidèlement à qui de droit,
aussitôt l'occasion venue.

La douleur de Thérèse fut sans bornes et
sans consolation surtout, car elle n'avait pas
même la douceur de songer que son frère
était mort en chrétien. Que n'eût-elle pas
souffert si elle avait su toute la vérité sur
cette fin soudaine !... Grâce à d'ingénieux dévouements, elle ignora quel « anévrisme »
avait emporté le dernier Quilliane.

Les dispositions funèbres du marquis, ré-
digées sommairement, désignaient sa sœur
pour l'héritage intégral, réductible à la quo-
tité obligatoire si la jeune fille entrait en re-

ligion. Albert de Sénac était nommé exécuteur testamentaire, et cette circonstance obligea plus d'une fois mademoiselle de Quilliane à conférer avec lui. Quand elle venait à l'hôtel de sa famille, mistress Crowe l'accompagnait invariablement. Mais il n'était pas besoin de la présence d'un tiers pour empêcher Sénac de faire la moindre allusion à ses propres sentiments. Thérèse affectait de le traiter en homme d'affaires, avec la nuance exigée par son rang social. De son côté, la voyant indifférente à tout, sauf à son désespoir, il se fût méprisé lui-même de troubler cette douleur par une pensée personnelle. D'ailleurs, il avait largement de quoi s'occuper, seulement en réglant les affaires du défunt, car le moins qu'on pouvait en dire, c'est qu'elles étaient embrouillées. Pour se livrer à son travail, étudier les comptes et recevoir les notaires, les fournisseurs et les créanciers, il avait organisé une installation provisoire dans le cabinet du malheureux Christian. C'était là que Thérèse conférait avec lui et donnait les signatures nécessaires, car madame de Chavornay se souciait peu de voir la maison de l'avenue

Kléber agitée par le va-et-vient profane, consé-
quence forcée de l'ouverture d'une succession.

Il arriva qu'un jour, à l'heure où mademoiselle de Quilliane devait venir de son couvent, Albert fut appelé hors du cabinet de
travail par l'architecte qui vérifiait un mémoire de réparations. Il sortit en hâte, voulant être de retour pour recevoir la jeune fille,
sans faire attention qu'il laissait sur la cheminée son portefeuille où il venait de prendre
des notes. Comme il quittait la pièce, Thérèse
y entra seule, mistress Crowe ayant à s'occuper dans l'appartement voisin d'arrangements matériels qui réclamaient ses soins et
son adresse. Tout d'abord les yeux de la jeune
fille se portèrent sur le maroquin rouge du
carnet, dont la vue la remplit d'émotion, car
elle ne doutait pas qu'elle n'eût devant elle
une relique de son frère, placée en ce lieu par
Sénac pour être remise aux mains qui de-
vaient seules l'ouvrir. Elle s'en saisit avec une
pieuse curiosité, espérant et craignant à la
fois ces découvertes qui font venir les larmes
aux paupières, quand on remue le souvenir
des morts.

La première chose qu'elle trouva fut la pho-
graphie de Clotilde avec une date qu'elle lut
en soupirant : *Le Caire, 20 février*. Elle chercha pourquoi cette éphéméride lui tenait au
cœur plus qu'une autre. Il lui semblait que
de longues années s'étaient écoulées depuis ce
20 février !... Bientôt la mémoire lui revint,
C'était ce jour-là qu'Albert était parti pour revenir en France. Quel vide elle avait éprouvé
de ce départ !

— Grand Dieu ! pensa-t-elle aussitôt. J'en
ai senti un autre plus cruel depuis ! Pauvre
Christian !

Tout en essuyant ses yeux, elle regarda la
signature des lettres qui accompagnaient le
portrait. Un simple nom de baptême : *Clotilde*.
Ses joues se teignirent légèrement d'un reflet
rose qu'elles ne connaissaient plus depuis longtemps. Elle sentit qu'elle rougissait et se
reprocha cette rougeur comme une condam-
nation qu'elle n'avait pas le droit de prononcer. Et, bien vite, elle replia les feuilles
suspectes pour continuer l'examen des autres
papiers avant de livrer aux flammes, sans
soulever leur voile, ces inviolables secrets...

Des cartes de visite vinrent sous ses doigts.

— Hélas! soupira-t-elle, même par l'envoi d'une de ces cartes il ne m'a pas montré qu'il pensait à moi, depuis son retour.

Soudain, elle poussa un véritable cri d'épouvante. Sur le vélin qu'elle tenait, ses yeux venaient de lire ces mots :

## LE COMTE DE SÉNAC.

Deux fois, trois fois, dix fois, elle trouva le même nom. Le portefeuille dont elle dépouillait le contenu était celui d'Albert... Elle le rejeta sur la cheminée, d'un geste rapide, et s'enfuit à l'extrémité la plus éloignée de la pièce, malade de honte à la seule pensée qu'elle aurait pu être surprise dans son examen.

Elle s'assit dans un fauteuil toute brisée. Pour la première fois, depuis bien des jours, elle pensait à une chose qui n'était pas la mort de Christian, dont les circonstances et les amères tristesses faisaient oublier tous les autres soucis. Elle répétait machinalement le nom qu'elle venait de lire : *le comte de Sénac.* Elle se disait :

— Depuis le 20 février, cette photographie
et ces lettres ne le quittent pas. Il les avait
sur lui, l'autre jour, quand il se montrait si
éloquent et que j'avais tant de peine à lui
répondre. Mon Dieu! comme vous me punissez!

Alors elle réfléchit que la découverte qu'elle
venait de faire était une grâce du ciel, dont
elle devait le remercier. Mais elle n'essaya
même point, pour le moment, d'entonner
l'hymne de reconnaissance. Un autre chant,
funèbre encore celui-là, venait sur ses lèvres.
Alors une réflexion traversa cette âme loyale:
elle se trouvait investie d'un secret tombé en
son pouvoir par une méprise. Elle n'avait pas
le droit de s'en servir; elle devait l'oublier
autant qu'il était possible. Elle se fit sa leçon
à elle-même:

« Tout à l'heure, quand il entrera, je me
montrerai bonne, affectueuse, plus que je ne
l'ai jamais été. D'ailleurs il était si attaché à
mon frère, si dévoué à mes intérêts! Depuis
l'horrible jour, il travaille comme un merce-
naire. Que m'a-t-il fait? Rien, rien, au monde,
si ce n'est du bien... »

Elle parlait tout haut, forçant les mots à

passer par ses lèvres qu'ils semblaient déchirer,
dans l'espoir qu'elle dompterait ainsi la révolte
de son cœur exaspéré par l'amertume...

La porte s'ouvrit; Albert trouva mademoiselle de Quilliane tout en pleurs.

Il sentit lui-même ses yeux se mouiller,
et dit en soupirant :

— Vos visites à cette maison vous brisent.
Nous pourrions causer de vos affaires... là-bas.
J'irais vous voir quand il le faudrait.

— Non, répondit-elle; c'est au bout du
monde. Vous prenez déjà trop de peine pour
moi. Et comme je vous en ai peu remercié!
Mais je n'oublierai jamais votre dévouement,
jamais, jamais!

Sa voix avait une douceur caressante qu'Albert
ne lui connaissait pas. Elle vibrait comme une
corde trop tendue. Ses yeux brillants suivaient
chacun des mouvements du jeune homme qu'elle
poussait vers la cheminée de toutes les forces
muettes de sa volonté. Elle avait, elle voulait
avoir un dernier doute, un doute absurde.

Peut-être que la « suggestion » opéra. Sénac,
tout à coup, jeta un regard sur la tablette de
marbre et fit un geste de surprise.

— Je l'ai tant cherché tout à l'heure! dit-il, se parlant à lui-même.

Il remit tranquillement le portefeuille dans sa poche, ne soupçonnant pas que cette action toute simple venait de refermer sur la femme qu'il aimait la grille d'un cloître. Puis l'entretien commença touchant les affaires sérieuses. Quand mademoiselle de Quilliane prit congé de lui, ce fut avec des paroles affectueuses, presque tendres, des assurances de gratitude qui lui donnèrent envie de tomber à genoux, tant son cœur était délicieusement remué. Quelque chose d'indéfinissable et de nouveau se découvrait dans le moindre geste, dans chaque inflexion de voix de la jeune fille; elle avait des sourires qu'on ne pouvait voir sans que les larmes vinssent aux yeux. Jamais Sénac n'avait eu autant d'espoir, et, comme Thérèse devait revenir le lendemain pour de nouvelles formalités à remplir, il s'endormit presque heureux. Mais, à l'heure convenue, mistress Crowe arriva seule.

— Mademoiselle est fatiguée, dit la douce Kathleen. Elle m'a priée de l'excuser pour aujourd'hui. D'ailleurs, je l'ai à peine vue

depuis que nous sommes rentrées au couvent.
Elle semblait fort agitée. Ah! monsieur, comme
vous avez bien fait de ne pas perdre courage !
Peut-être que l'épreuve touche à sa fin. La
chère enfant n'est plus la même.

Pour la première fois depuis longtemps,
Sénac et l'Irlandaise pouvaient causer sans
témoins, et l'on devine quel fut le sujet de
l'entretien.

— Je suis loin d'être une sainte comme
ma chère maîtresse, disait l'excellente femme,
et cependant j'estime que l'état religieux peut
être l'idéal du bonheur, même ici-bas. Mais
plus je la connais, plus je l'observe, et plus
il m'est impossible d'imaginer qu'elle passera
sa vie toute seule, sans mari, sans enfants,
avec un voile noir sur la tête et des sandales
aux pieds.

On devine la joie d'Albert en écoutant ces
paroles. Mistress Crowe semblait, à ses yeux,
une créature exceptionnelle, supérieure en
perspicacité et en intelligence au reste du
genre humain, digne de toutes les sympathies
et de toutes les confiances.

Le nom de Christian, venu par hasard

dans l'entretien, suggéra subitement à son
ami le moyen qu'il cherchait depuis quelques
jours de s'acquitter d'une mission délicate.
Après une courte réflexion, il dit à Kathleen :

— Vous êtes justement la personne qui
pouvez me sortir d'embarras pour une volonté
dernière que je suis chargé d'exécuter. Vous
connaissez madame Questembert?

— Trop! fit l'Irlandaise en pinçant les
lèvres.

— Je vais vous remettre un paquet que
vous déposerez entre ses mains *de la part du*
*marquis de Quilliane.* Il m'est impossible de
vous donner des explications plus étendues,
mais vous avez compris, sans doute, que ce
message doit parvenir à son adresse d'une
façon directe... et sans témoins?

— J'ai compris, fit mistress Crowe en prenant l'enveloppe où la photographie et les
lettres venaient d'être enfermées sous ses
yeux. Je vais de ce pas chez... cette dame ;
si elle est absente, j'y retournerai. De toute
façon, les morts ni les vivants n'auront aucun
reproche à nous faire. Je ne vous demande
pas d'explications. Vous êtes incapable de

m'ordonner une chose qui ne serait pas
honnête.

Elle partit à ces mots, laissant Albert
curieux d'apprendre le résultat de l'ambas-
sade. Mais des événements plus sérieux n'allaient pas tarder à lui en faire perdre jusqu'au souvenir. Un matin, après plusieurs
jours d'un silence qui n'était pas fait pour
le rassurer, il reçut une enveloppe d'une écriture inconnue d'où s'échappèrent un papier
timbré et la lettre suivante :

« Monsieur,

» Vous êtes le meilleur ami de notre
famille. C'est à vous, tout d'abord, que j'annonce la détermination devenue irrévocable
de ma nièce de Quilliane. Depuis hier, elle
est entrée au noviciat où, comme vous le
savez mieux que tout autre, elle se croyait
appelée depuis longtemps.

» Vous avez, monsieur, trop de délicatesse
et trop de respect envers les convenances,
pour qu'il me soit nécessaire de vous indiquer la conduite qui s'impose à vous. Je me
suis fait un devoir d'accueillir vos visites

tant qu'elles étaient naturelles et plausibles :
il n'en serait plus de même aujourd'hui. La
mort spirituelle, comme la mort terrestre,
commande le silence et le recueillement. Mais
elle nous laisse la prière, et, cette fois, celle
qui vient de mourir au monde priera pour
celui qui y reste. Elle me charge de vous en
assurer et de vous dire la reconnaissance
qu'elle vous gardera toujours devant Dieu,
pour tout le bien que vous avez fait, que
vous avez désiré faire soit à son malheureux
frère, soit à elle-même.

» Votre tâche légale, acceptée si généreu-
sement, touche à sa fin, Dieu merci! La
procuration ci-jointe, qui vous donne tous
pouvoirs, vous permettra de l'achever facilement. Le notaire qui l'a reçue pourra, au
besoin, vous servir de conseil. Il sait d'ailleurs en quelles bonnes mains sont placés les
intérêts de mon neveu et de ma nièce; il vous
obéira en tout, les yeux fermés.

» Quant à moi, je tiens à vous dire combien je vous suis obligée de votre dévouèment
aux miens, manifesté en tant d'occasions. Je
considérerai toujours comme un devoir de vous

en récompenser par le seul moyen qui soit à ma disposition. Pas une seule fois je ne prierai pour l'âme de Christian de Quilliane sans songer à son ami.

» ESTHER DE CHAVORNAY,

Fille de Saint-Bernard. ».

Après une heure d'accablement, privé de force et presque de pensée, Albert se demanda comment il allait s'y prendre pour supporter la vie, devenue subitement un poids douloureux, comme ces fardeaux qui froissent la chair au moindre mouvement par leurs aspérités anguleuses. Il se dit, tout d'abord :

— Je vais me persuader qu'elle est morte. Jusqu'à mon dernier jour je la pleurerai.

Mais les morts ont leur tombeau sur lesquels on peut porter des fleurs. Thérèse était une morte sans sépulcre; rien ne lui en restait, pas même une dépouille froide. Il se frappa le front avec colère. Il s'écria :

— Je souffrirais moins si je l'avais vue expirer sous mes yeux !

Puis il eut horreur du blasphème qui venait de lui traverser l'esprit et, de nouveau, s'efforçant de ne plus penser, il retomba dans sa prostation inerte.

Il en fut tiré, vers la fin du jour, par la visite de mistress Crowe qui venait lui faire ses adieux, partant le soir même pour l'Irlande.

La pauvre Kathleen lui fit envie par les larmes qu'elle versait en abondance. Il s'éprit tout à coup pour elle d'une affection qu'il n'avait jamais eue pour personne.

— Je ne veux pas vous laisser partir! s'écria-t-il. Restez à Paris; je me charge de vous; nous nous verrons chaque jour; nous parlerons d'elle. Mais comment cela s'est-il fait? Pourquoi s'est-elle subitement, cruellement décidée? La dernière fois que je l'ai vue, elle paraissait prête à s'attendrir. Elle a eu des regards sous lesquels mon cœur se fondait de joie! Et, sans m'avoir dit adieu, la voilà ensevelie toute vivante, pour toujours! Par pitié! retournez près d'elle. Vous pouvez la voir, vous! Peut-être elle s'imagine que je saurai me consoler. M'eût-elle abandonné, autrement? N'est-ce donc rien, pour une femme, que la vie d'un être humain, trente, quarante ans de douleur infligés à un malheureux qui ne lui a fait aucun mal? Au moins, que je la voie encore une fois ! Qu'elle me donne cette chance, loyalement. Que je puisse pleurer, supplier à ses genoux, lui dire que je l'aime, comme elle aime le bon Dieu. Je n'ai jamais osé !... Et puis, j'espérais toujours qu'elle reviendrait. Si j'avais su !... Ah ! c'est fini, je suis perdu sans elle!

Que pouvait faire, en face de cette douleur exaspérée, la compatissante Kathleen, sinon de pleurer toutes les larmes de ses yeux? Elle n'avait garde d'y manquer, bien que, depuis vingt-quatre heures, elle ne fit guère autre chose, et le spectacle de cette désolation éclatant à côté de lui eut du moins pour résultat de rendre à Sénac un peu d'empire sur lui-même. Ce fut lui qui se vit forcé de la consoler. Il voulut même la conduire à la gare ; il prit son billet pour Dublin et, lorsqu'il rendit à la digne femme le porte-monnaie qu'elle lui avait confié pour cette opération, il est probable que le contenu de la modeste bourse n'avait pas diminué d'un louis.

— Ne vous verrai-je donc plus? demanda-
t-il.

— Vous me verrez encore une fois, répondit l'Irlandaise. Elle m'a fait promettre que je
serai là pour l'habiller dans sa robe blanche,
et pour faire à ses cheveux leur dernière
natte.

Et comme Albert, sans répondre, cachait sa
figure dans ses mains, elle ajouta :

— Vous êtes fort à plaindre, monsieur. Mais
vous avez trente ans; l'avenir est devant vous;
mille moyens vous sont donnés d'occuper
votre vie, même si l'oubli ne doit pas venir.
Quant à moi, je suis une vieille femme sans
famille, sans intérêt dans l'existence, condam-
née à vieillir chez des parents éloignés que je
n'ai jamais vus. *Elle* était tout pour moi!
Vous avez le cœur brisé, vous qui l'avez connue pendant quelques semaines, tout au plus
pendant quelques mois, vous qui l'avez vue de
si loin. Jugez de ce que je dois souffrir, moi
qui ne l'ai pas quittée durant sept ans, qui
l'ai adorée comme une mère, servie comme
une esclave.

— C'est vrai, dit Albert. Mais vous n'aviez

18

pas pour elle ce qui va faire le tourment de
ma vie : l'amour !...

Un coup de sifflet se fit entendre; les roues
tournèrent : Sénac se trouva seul, très isolé,
très impuissant, affreusement petit dans son
chagrin, comme le matelot tombé du bord
pendant la nuit, que les vagues énormes rou-
lent dans son agonie sans témoins.

## XIX

Albert de Sénac était un énergique senti-
mental, c'est-à-dire du nombre de ceux que la
douleur éprouve le plus et qu'elle terrasse le
moins. La saison l'engageait à voyager. Il se
mit en route, mais il n'avait pas fait cent
lieues qu'il eut envie de revenir. Il fut consterné d'abord, puis assez fier de lui en voyant
que le remède, efficace l'autre fois, n'agissait
plus à l'heure présente.

— Cela prouve que j'aime vraiment aujour-
d'hui, pensa-t-il, tandis que, trois ans plus
tôt, c'était une affaire de dépit et de rancune.

Il revint à Paris en octobre, s'étant traîné, sans une heure de plaisir et d'intérêt, dans quelques coins déserts de Bretagne où la foule, du moins, ne l'exaspérait point. Il reprit ses travaux avec rage et acheva d'acquérir, parmi les gens de son monde, la réputation d'un original de l'espèce la plus rare. Il prit, dès lors, l'habitude de passer chaque jour sous les fenêtres du couvent de l'avenue Kléber, bien qu'il fût certain, à n'en pas douter, qu'en cinquante ans il n'aurait pas eu la chance d'être aperçu par la tante ni par la nièce. Il savait, grâce aux lettres de mistress Crowe, que la jeune novice était toujours là, continuant son apprentissage sacré. Elle « espérait » gagner une dispense de six mois sur les deux ans d'épreuve imposés par la règle. Sa santé, sans être parfaite, résistait suffisamment aux fatigues de sa nouvelle vie.

Albert ne disait plus que le couvent est pire que la tombe. Même à distance, invisible derrière les murs épais, cette recluse lui donnait, sans s'en douter, des heures de joie. Il pensait à elle constamment. Il fatiguait son imagination, pendant des journées, à trouver un moyen qui pût rappeler son souvenir à Thérèse. A vrai dire, le seul moyen qu'il ait jamais trouvé consistait à encombrer de fleurs la chapelle de l'avenue Kléber, avec des précautions sans nombre pour garder l'incognito. Durant cet hiver, la sœur converse préposée aux soins de l'autel de la Vierge, vit passer plus de bottes de roses dans ses mains que si elle eût été aux gages d'une cantatrice à la mode. Cette prodigalité pleine de mystère, miraculeuse pour quelques âmes simples, faisait, comme on peut le croire, le sujet des conversations dans les cours des élèves, même à la salle de récréation des religieuses. Thérèse de Quilliane demanda, au bout de quelque temps, la permission de changer de place et d'occuper un banc d'où l'on ne pût voir ni sentir tous ces bouquets. Leur parfum, à l'entendre, lui donnait des migraines intolérables.

Une année s'écoula, puis la moitié d'une autre année. La prise d'habit de mademoiselle de Quilliane était fixée à la veille de Noël, et mistress Crowe en était prévenue. Toutefois elle n'avait pas eu le courage d'en informer Albert dont les lettres devenaient plus fré-

18.

quentes, toujours avec cette même question : « Savez-vous quelque chose? »

Vers le milieu de décembre, il écrivait à Kathleen : « Je suis comme le condamné à mort qui a compté les jours et qui commence à tendre l'oreille, la nuit, pour écouter s'il y a de la foule sur la place de la Roquette. Un de ces matins je vous verrai entrer chez moi, ma bonne mistress Crowe, et je comprendrai ce que cela veut dire. Ne me faites pas cette vilaine surprise. Annoncez-moi *la date* aussitôt que vous la saurez. J'aime mieux cela. D'ailleurs, dans mon cas, il n'y a pas de grâce possible. Vous n'avez donc pas à craindre de m'ôter prématurément mes illusions. »

Malgré cette lettre, ou, plutôt, à cause de cette lettre, l'Irlandaise ne dit rien de ce qu'elle savait. Elle arriva à Paris deux jours avant la cérémonie et se fit conduire droit au couvent où son ancienne chambre était préparée. Elle revit Thérèse pâle comme une morte, belle comme une sainte et — c'est Thérèse qui le disait — heureuse comme une reine. Toute la maison était en liesse. Les élèves et les jeunes religieuses chantaient merveille à

l'avance de la toilette de mariée que la novice
devait porter. En pareille occasion, la coquetterie est permise ; elle est presque recomman-
dée par l'usage, comme un sacrifice de plus.
Thérèse avait décidé, selon sa propre expression,
qu'elle serait la plus belle mariée de l'année.

Le 23 décembre, une des plus grandes couturières de Paris envoya la robe de satin blanc
toute voilée d'un nuage d'admirables dentelles,
et mistress Crowe, plus morte que vive, se
mit en devoir de procéder à l'essayage, sous
les yeux de madame de Chavornay, qui remplaçait la marquise de Quilliane. Quelques
mères, parmi celles qui liront ces lignes, juge-
ront, en rappelant certains souvenirs, que
celle-ci était heureuse d'être morte à temps
pour n'être pas là.

Thérèse était adorablement jolie dans sa
toilette blanche. On avait trouvé, Dieu sait
comment, un grand miroir devant lequel cette
beauté radieuse put s'admirer une dernière
fois. Ses yeux, démesurément agrandis, répan-
daient une lueur baignée d'une tendresse si
douce, qu'ils auraient fait trembler la main
d'un bourreau.

Tout en laissant mistress Crowe l'ajuster et
marquer quelques retouches, la novice babillait
comme une fiancée qui prépare son triomphe
du lendemain. Elle comptait les invités qui
seraient présents ; elle faisait des questions
sur un oncle octogénaire qu'elle n'avait jamais
vu et qui devait lui donner le bras pour la
conduire à son prie-Dieu solitaire. Tout à coup
elle demanda :

— Ne croyez-vous pas, ma tante, qu'il eût
été convenable d'inviter madame Questembert?
Vous savez, cette personne dont je vous ai
parlé, qui était sur le yacht avec moi quand
nous sommes revenus d'Égypte et qui... et
qui m'a témoigné tant d'intérêt?

La religieuse, qui allait ouvrir la bouche
pour quelques objections, fut stupéfaite de
voir mistress Crowe bondir aux paroles qu'elle
venait d'entendre. Pour la première fois, cette
tranquille personne semblait oublier la réserve
et le respect qui étaient dans ses habitudes.
Elle dit très haut, avec une flamme d'indignation dans les yeux :

— La présence de cette dame à la cérémonie de demain serait une indignité!

Thérèse ouvrit de grands yeux, ne reconnaissant plus sa timide Kathleen. Madame de Chavornay, qui n'aimait pas les mystères, prit son visage d'abbesse et demanda de ce ton de voix qui faisait plier tout le monde :

— Que veut dire cette sortie, mistress Crowe?

L'Irlandaise était trop engagée pour garder sur le cœur le poids qu'elle y avait depuis deux ans. Elle répondit, sans baisser la tête :

— Cela veut dire, madame, que, sans cette méprisable créature, le marquis de Quilliane serait encore vivant. C'est elle qui l'a fait revenir en France au milieu de l'hiver, qui lui a tourné la tête par ses coquetteries...

— Veuillez vous taire, commanda la religieuse, et ne faites point, dans un lieu comme celui-ci, des suppositions de ce genre, que rien n'autorise.

— Quelque chose les autorise, madame. Aussi bien, quand je lui ai dit son fait, chez elle, de ma propre bouche, elle ne s'est point révoltée, comme d'autres se révoltent maintenant...

— Vous êtes allée chez elle? demanda la

Révérende Mère, continuant son enquête. Je
désire savoir dans quel but?

— Le comte de Sénac m'en avait prié.

— Cela suffit, mistress Crowe. J'aurais voulu
ne jamais savoir ce que je viens d'apprendre.
Laissons de côté cet incident qu'on dirait vraiment suscité, à cette heure, par l'esprit des
ténèbres.

La loyale Irlandaise parut d'abord sur le
point d'éclater. Mais elle se calma, ferma un
instant les yeux et poussa un profond soupir.
Puis elle dit d'une voix tremblante d'émotion :

— Cette heure, madame, est la dernière où
vous m'entendrez, vous et l'enfant que j'ai
aimée comme j'aurais aimé ma fille si le bon
Dieu m'en avait donné une. Je ne veux pas
qu'un blâme immérité pèse dans vos esprits,
pour toujours, sur moi et sur un homme qui
va souffrir demain la plus horrible des dou-
leurs. A nul être vivant je n'aurais confié ce
que je vais dire : mais je m'adresse presque à
des mortes. C'est dans une tombe que va descendre mon secret. Oui, madame, le comte de
Sénac m'a chargée d'une mission, et je n'ai pas
cru pouvoir m'y refuser. Car il s'agissait de res-

tituer à une maudite les lettres et le portrait
trouvés dans les papiers d'un mort. Pensez-
vous, maintenant, que madame Questembert
doive être invitée?

Madame de Chavornay commençait à regretter d'avoir été si pressante dans ses questions.
L'histoire qu'elle venait d'entendre n'était pas
précisément de celles qu'on donne à lire aux
novices, la veille de leur prise d'habit. Et la
mémoire du pauvre Christian lui-même n'y
gagnait rien.

— Voyons, dit-elle, irritée contre elle-même,
tâchons d'en finir avec cette robe.

Mais la robe, à cette minute, écrasait doucement sur le sol ses plis de satin. Le corps
souple et jeune de Thérèse de Quilliane s'af-
faissait au milieu des dentelles et des fleurs, car
elle était en train de s'évanouir. La religieuse
et mistress Crowe la reçurent dans leurs bras...

Quand elle revint à elle, sur l'étroit lit de
fer de la cellule, sa tante de Chavornay fit
signe qu'on les laissât seules :

— Thérèse! mon enfant bien-aimée! dit-
elle d'une voix dont la douceur, en effet, vibrait avec des notes toutes maternelles.

La pauvre petite, sans répondre, cacha son
visage dans ses mains encore glacées, et des
sanglots convulsifs de désespoir soulevèrent sa
poitrine. Sa tante la laissait pleurer, sachant
quel remède précieux étaient ces larmes, attendant que le calme fût revenu pour demander
une confession qui n'avait pas été faite, dix-
huit mois plus tôt, le jour où Thérèse avait
ouvert un certain portefeuille par méprise. Mais
cette fois, madame de Chavornay sut tout.

Quelques heures plus tard, Sénac, seul au
coin de son feu, lisait à la clarté de sa lampe
en attendant que le sommeil l'appelât au lit.
Soudain le timbre de sa porte résonna; une
carte lui fut présentée :

MISTRESS CROWE.

— Ah ! mon Dieu ! s'écria-t-il en se levant,
pâle de terreur. Elle est ici ! L'heure est donc
venue !

Mistress Crowe entra; la pièce était sombre.
Albert ne put voir ce que disaient ces yeux
tout brillants de joie. Il retomba dans son
fauteuil, sans toucher la main de la visiteuse,

qui restait debout, le regardant avec une sorte
d'admiration attendrie. L'amour vrai, puissant,
inaltérable, survivant intact à la séparation,
est un spectacle assez rare pour que les natures
d'élite le savourent quand elles en trouvent
l'occasion.

— Ainsi, l'heure est venue? dit le jeune
homme en relevant la tête. Vous n'avez pas
besoin d'ouvrir la bouche. Puisque vous êtes
là, c'est que tout va être fini. Est-ce pour
demain? Ce que je vous demande, c'est de
m'obtenir l'entrée. Encore tout à l'heure je
me croyais incapable de ce courage ; mais
maintenant que nous touchons au terme, je
veux être là. Je me suis informé. On laisse
entrer les parents, les amis très intimes. Certes,
je peux figurer dans le nombre. Je vais donc
la voir une dernière fois, et puis...

Un geste accablé, un mouvement de tête
plein de désespoir acheva d'exprimer sa pensée.
Tout à coup il se sentit enlacé dans deux bras
robustes : mistress Crowe lui sautait au
cou.

— Vous la verrez toute votre vie ! cria-t-elle.
Mon Dieu ! quelle joie de vous l'apprendre ! Et

comme elle va être heureuse avec vous, ma chérie!

Alors moitié riant, moitié pleurant, elle raconta l'indiscrétion qu'elle avait commise, l'évanouissement de Thérèse, le colloque de plus d'une heure avec la Révérende Mère qui avait suivi, et comme quoi celle-ci, faisant appeler l'Irlandaise qui se mourait d'inquiétude, avait dit, non sans trahir un peu d'agitation :

— Rassurez-vous, ma bonne mistress Crowe : tout danger est passé. Mais j'ai lieu de croire que mademoiselle ne restera pas au noviciat. Seulement n'en dites rien pour le moment ni à elle-même ni à personne.

Là-dessus Kathleen ajouta :

— J'ai obéi... à moitié, car je n'ai rien dit à la chère créature, qui, d'ailleurs, semble brisée de fatigue. Dès qu'elle a dormi, je suis venue.

— Mon Dieu! s'écria Sénac tout tremblant, je croyais que vous aviez quelque chose de plus à m'apprendre. Comment expliquer...?

— Monsieur, interrompit la bonne femme, je n'explique rien, car je ne comprends pas

mieux que vous. Mais sonnez demain à la porte
du parloir. Je serais bien étonnée si on ne
vous l'ouvre pas.

La cérémonie annoncée a subi quelques
semaines de retard, mais enfin la chapelle de
l'avenue Kléber a vu Thérèse de Quilliane
s'avancer vers l'autel, dans cette même robe
de satin que mistress Crowe lui avait essayée
si mal le 23 décembre. Les rites saints viennent
de s'accomplir ; des vœux éternels ont été
prononcés ; la main d'un pontife étincelant
dans ses vêtements d'or s'est levée pour bénir ;
des voix pures chantent des cantiques. La
vierge se relève, rougissante dans sa beauté, et
s'éloigne du sanctuaire, mais ce n'est pas pour
franchir la grille de clôture ; ses beaux cheveux
blonds ne seront pas coupés ; l'homme sur le
bras duquel sa main s'appuie donnerait son
sang pour défendre un seul de ces fils d'or.

Le coupé, fleuri comme une serre, les attend devant la porte, sous ces murs que Sénac
a longés bien des fois, d'un pas morne, le
désespoir au cœur, en prononçant tout bas un

nom, le nom qui sera le dernier murmuré par ses lèvres.

L'équipage les emporte rapidement vers l'hôtel Quilliane. Là, mistress Crowe les attend, debout sur le seuil de la maison qui les verra s'aimer, qui la verra mourir — on le lui a promis.

— Longues années de bonheur à mes maîtres! balbutie, au milieu de ses larmes, Kathleen la clairvoyante.

Et la comtesse de Sénac entre au bras de son mari dans la demeure où elle est née. Tout bas, elle soupire, un peu inquiète encore de ce bonheur si grand qu'un être humain lui donne :

— C'était cela que vous vouliez, n'est-ce pas, mon Dieu ?

Elle monte lentement les marches royalement balayées par sa traîne blanche. Sur le palier plein de fleurs, elle s'arrête comme autrefois, pour dévisager l'armure ; la petite main où brille la bague toute neuve caresse le gantelet toujours posé sur la garde massive.

Mais l'époux entraîne sa jeune femme, impatient. Leurs lèvres n'ont pas encore échangé

les prémices de la moisson de baisers prête
à éclore : là-bas, si près de la place où la
novice a prié longtemps, était-ce possible ?

Sous sa visière baissée, « le chevalier »
semble les suivre d'un œil triste, comme s'il
savait que le cœur d'un Quilliane plus jamais
ne battra sous la cuirasse brillante, comme s'il
voyait avec jalousie sa dame, l'enfant d'autrefois, trembler sur la poitrine de cet autre féal
qui l'a conquise, et qui murmure à genoux :

— Thérèse! ma joie! mon amour! ma vie!...
Comme je t'adore!

FIN

IMPRIMERIE CHAIX, RUE BERGÈRE, 20, PARIS. — 2554-1-90.